사랑은 언제나 바겐세일

.

사랑은 언제나 바겐세일

초판1쇄 인쇄 2020년 10월 20일
초판1쇄 발행 2020년 10월 22일

지은이 차문환
발행인 이왕재

펴낸곳 건강과 생명(www.healthlife.co.kr)
주 소 03082 서울시 종로구 대학로7길 7-4 1층
전 화 02-3673-3421~2 팩 스 02-3673-3423
이메일 healthlife@healthlife.co.kr
등 록 제 300-2008-58호

총 판 예영커뮤니케이션
전 화 02-766-7912 팩 스 02-766-8934

정 가 12,000원

ⓒ건강과생명 2020
ISBN 978-89-86767-52-0 04810

'라온누리'는 도서출판 '건강과 생명'의 새로운 출판브랜드입니다.

이 도서의 국립중앙도서관 출판예정도서목록(CIP)은 서지정보유통지원시스템 홈페이지(http://seoji.nl.go.kr)와 국가자료종합목록 구축시스템(http://kolis-net.nl.go.kr)에서 이용하실 수 있습니다. (CIP제어번호 : CIP2020042598)

허참…
정말이라니까!?
그 두 번째 이야기

사랑은 언제나 바겐세일

차문환 지음

라온누리

꿈꾸는 것 같았도다

지나친 욕심일는지 모른다. 한 번에 두 권의 책을 낸다는 것이…

그러나 이 또한 그분의 섭리가 있을지 모른다. 그리스도인은, 아니 그리스도인이 아니더라도 모든 생명 있는 것들은 그분의 섭리 안에 있는 것을 믿기 때문이다.

"여호와께서 시온의 포로를 돌리실 때에 우리가 꿈꾸는 것 같았도다. 그때에 우리 입에는 웃음이 가득하고 우리 혀에는 찬양이 찼었도다. 열방 중에서 말하기를 여호와께서 저희를 위하여 대사를 행하셨다 하였도다. 여호와께서 우리를 위하여 대사를 행하셨으니 우리는 기쁘도다. 여호와여 우리의 포로를 남방 시내들 같이 돌리소서. 눈물을 흘리며 씨를 뿌리는 자는 기쁨으로 거두리로다. 울며 씨를 뿌리러 나가는 자는 정녕 기쁨으로 그 단을 가지고 돌아오리로다." –시 126편

신실하신 하나님은 나로 하여금 꿈꾸는 것 같은 기쁨을 주고 계신다. 그것은 내가 하나님을 향하여 신실할 때에나 신실하지 못할 때에나 동일하게 말이다. 더더욱 꿈만 같은 것은 어떻게 글 한 줄 쓸 줄 몰랐던 나를 통하여 잘 쓰고 못 쓰고를 떠나 글을 쓰게 하시고, 필라델피아 지역에서 오랫동안 이 사역을 감당하게 하면서 지역 신문에 3년여 동안 게재하게 하여 주셨는지를 말이다.

어떤 면에서는 필라 동포들에게 허접잖은 것을 글이랍시고 해서 냈는지를, 어쩌면 이것이 진정 무모하고도 바보스러운 일은 아니었는지 모르겠지만 어찌됐든 하나님께서 오늘의 나를 있게 한 것에 대해 진정으로 감사를 드린다.

그리고, 허접잖은 글이었지만 많은 분들이 내게 보여주신 '고맙다', '글을 잘 보고 있다', '글을 스크랩해서 냉장고에 붙여 놓고 수시로 보고 있다' 라는 격려가 있었기에 이렇게 책 두 권을 낼 수가 있었음을 고백하며 이 자리를 빌려 격려와 사랑의 박수를 보내주신 분들에게 감사의 인사를 드린다.

앞으로도 쓰고 싶은 글은 많다. 수필, 성구 시, 허참 정말이라니까, 성경을 시로 풀어 쉽게 볼 수 있도록 하는 시, 특별히 쓰고 싶은 것은 성경 인물 간증이다. 이는 나 스스로가 성경 인물이 되어 간증을 하는 것이다. 성경의 깊은 연구와 기도가 절실히 필요한 것이다.

　이토록 책을 출판하는 계기를 주심은 어쩌면 잃어버리고 있었던 나의 기도생활과 하나님과의 영성을 다시금 시작하고 회복할 수 있는 기회를 주시는 것이리라 믿는다. 하나님은 내가 아무리 좋은 글을 쓴다 하더라도 나와 하나님과의 관계가 소원해지면 안 되는 것을 아시기 때문이리라.

　온 세상을 창조하시고 다스리시는 하나님을, 나같은 죄인을 구원하기 위하여 이 땅에 오시어 고난받으시고 십자가 상에서 돌아가신 예수님을, 바위보다도 더 단단한 나의 마음을 깨뜨려주시고 예수님을 믿고 따를 수 있도록 감화를 주시는 성령님을 영원토록 찬양한다.

2020년 10월
필라델피아에서　부족한 종 _ 차문환 목사

추천의 글

이왕재 _ 서울대 의대 교수
월간 〈건강과 생명〉 발행인

건생(건강과 생명)의 창간 멤버이면서 실제 편집부장으로도  오랜 기간 애써 오신 차문환 목사님! 기억이 정확하지는 않지만 고국을 떠나 미국으로 이민 가신 지도 벌써 20여 년의 세월이 흐른 것 같다. 솔직히 연락도 자주 주고 받지 못한 채로 가끔 한국 방문 시 두어 번 민나며 소식을 주고 받은 것이 전부인데, 이번에 책을 내신다는 소식에 매우 반가웠다.

원고를 받고 지체하지 않고 페이지를 넘겼다. 약간 가십에 가까운 내용인데 형식은 시가(時歌)의 형식을 띠고 있어 우선 읽기에 매우 편했다.

내용을 면밀히 살펴보니 성직자로서 사신 차 목사님의 삶을 담고 있음을 느끼게 된다. 단순한 삶의 반영이 아니라 그 삶 속에서 부딪힌 많은 사건들과 관련하여 하나님 나라의 진리 안에서 깨우친 지혜로운 내용에 눈이 번쩍 열린다.

그 내용들이 너무 신선해서 그리고 영원히 변할 수 없는 하나님 나라의 진리를 바탕에 깔고 있어서, 현대판 '시편'이나 '잠언'이라 일컬어도 과함이 없을 듯한 느낌이다. 일상의 삶 속에서 인생의 중요한 가치관을 잃고 사는 현대인에게 귀한 가치관을 아무 저항감 없이 받아들여질 수 있도록 새롭게 제시하고 있어, 방향을 잃고 있는 현대인에게 주저함 없이 일독을 권하고 싶다.

– 2020년 10월

추천의 글

▌ **안영균** _ 필라한인침례교회 원로목사

며칠 전 페이스북에서 반가운 뉴스를 보았습니다.

이민의 곤고한 삶을 살아가는 필라델피아 지역의 동포들에게 위로와 격려, 사랑과 소망의 글로 희망을 전해주고 있는 차문환 목사님께서 그동안 써오면서 주간지에 게재해 왔던 글들을 모아 책으로 출판한다는 참으로 반갑고 기쁜 소식이었습니다.

약 4년 정도 필라 지역에서 복음신문을 만들어 복음을 전하며 하나님 나라 확장을 위해 힘써오던 차문환 목사님의 이번 책 출간은 필라지역 동포들에게 다시없는 큰 기쁨의 소식이 될 것이라 생각합니다.

더구나 한 권의 책도 아니고 동시에 두 권의 책 출간으로 그의 신앙철학과 삶의 경험에서 나온 귀한 글을 다시 한번 활자로 만나볼 수 있게 되어 반가운 마음이 앞섭니다.

아무쪼록 본서를 통해 이민의 피곤한 삶을 살아가는 필라지역 동포들과 금번 코로나와 폭동으로 말미암아 힘겨운 삶을 견디고 있는 분들에게 커다란 위로와 소망이 되어지기를 기도하며, 앞으로도 좋은 글을 계속 써주시어서 하나님께서 얼마나 이 동포들을 사랑하는가를 보여주시기를 바랍니다.

또한 이 글을 읽는 모든 분들이 삶의 어려움들을 잘 견디고 극복하여 하나님 안에서 승리하는 전도의 귀한 열매가 풍성히 맺히기를 기도하며 축복합니다.

－ 2020년 10월

✱ 목차

1부

삶의 지혜와
철학이 있는 이야기

가끔은 눈과 귀를 막아봐

가끔은 눈과 귀를 막아봐
너무 많은 것을
보고 듣고 해서
머리가 터질 것 같지 않니?

가끔은 눈과 귀를 막아봐
보이는 것이 너무 많고
들려오는 것이 너무 많아서
꼭 보아야 하고
들어야 할 소리를 놓칠 때가 있어

가끔은 눈과 귀를 막아봐
그러면, 너의 내면에서

들려오는 진정한 소리를 들을 수 있어

세상 그 어디에서

보여지고

들려오는 것보다

더 아름다운 것이

더 아름다운 소리가

네 안에 있다는 것을 기억해둬

우리가 보고 있는 거

들려오는 거

그거 많은 부분이 포장된 거야

어느 여자가

보암직하고

먹음직할 정도로

탐스러운 것에 이끌려

죄를 불러왔잖아

세상의 것이

다 나쁘다는 말이 아니야

그 안에서도
많은 지혜와 지식을 얻을 수 있어

다만,
보여지고
들려오는 것에
너무 미혹되지는 마

세상 그 무엇보다
너의 생각이 가장 옳을 때가 있어
보여지고
들려오는 것으로 인해
너의 판단이 흐려지지 않도록
가끔은 눈과 귀를 막아봐

그러면,
꼭 들어야 할
가장 아름다운 소리를 들을 수 있어.

허참…
정말이라니까!?

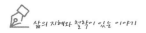

오해하지마

사람은 귀가 가벼워

한번 만져봐

무게 나갈만한 게 없지

그래서인지

남의 말 듣는 게 재미있나봐

재잘재잘거리고

히히덕거리고

그러면서 무슨 스트레스 푸는 것 같아

오해하지마

다른 사람 말 듣고

남의 말 남에게 하지마

그럴만한 사정이 그에게 있다구

쉽게 내뱉는 너의 말 한마디에
그 사람은 평생 안고 갈 상처를 받을 수 있어

오해하게 되면 선입견이 생겨
서먹서먹해지고 관계도 소원해져

차라리 솔직하게 말해줘
그것이 친구를 친구되게 해주는 거 아니겠니?

사람들은 말이야
이해하는 것보다
오해하는 것을 더 재미있어해
오해하기는 쉬워도 이해하기는 어렵거든…

우린 말이야
하기 쉬운 일보다
하기 어려운 일을
더 많이 하도록 노력해야 해

오해하지마
어차피 너도 오해덩어리리라구.

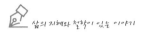

마음의 눈을 열어봐

그 누군가가 보고 싶을 때면
가만히 눈을 감아봐
그 무엇이 그리울 때면
가만히 눈을 감아보라구

그러면,
가까이 없어도
만질 수 없어도
볼 수 있고
느낄 수 있어

마음의 눈은
신비한 망원경을 달아서

수백리 수천리 아니,
백 년 전 수천 년 전 아니,
백년 후 수천 년 후도 볼 수 있지

멀리 떨어져 있는
사랑하는 사람
사랑하는 친구들도 볼 수 있어

우리 어릴 적
술래잡기하며 뛰놀던 골목길
뒷동산에서 진달래 따며 뒹굴던
정답던 모습도 볼 수가 있어

마음의 창을 열어봐
고운 새들의 노랫소리
상큼한 바람결에 살랑이는
나뭇잎새의 속삭임도 들을 수 있어

마음의 눈은
마음의 창은
닫아두는 게 아니야

세상에서는 보이지 않고
들려오지 않는 많은 것들이
보여지고 들려오기 때문이야

행복을 찾는 이들도
사랑을 찾는 이들도
내일을 꿈꾸는 이들도 모두
마음의 눈을 열어봐

마음의 눈에는
여과 장치가 되어 있어서
아무리 안 좋은 것들도
걸러지고 희석되어져서
좋은 것들만 보여지게 돼 있어.

하나님만 바라라

- 왕상 19장

로뎀나무 아래에서 하나님의 산 호렙산까지

하늘에서 불이 나리게 하고

3년 반 동안 가물었던 땅에 비를 나리게 하고

바알 선지자 450명을 죽게 했던

엘리야는 이스라엘의 마병이요 아버지였습니다

그리도 강했던 그가

우상을 섬기던 한 여인의 말에

도망을 다니며 목숨을 부지하고 있습니다

강한 것 같아도 한없이 약한 우리

최고의 믿음을 가진 것 같아도
일순간에 무너져 내릴 수밖에 없는 우리
그래서, 저는 오늘도 하나님만 바라봅니다

하늘에서 불이 내려오고
마른 땅에 비가 내려올 때에도
세찬 바람이 불어오고
땅이 꺼지는 지진 가운데에서도
들려오지 않고
보여지지 않던 하나님을
세미한 침묵 가운데 바라봅니다

내가 강할 때에
보이지 않던 하나님은
내가 약할 때에
나의 강함이 되어주십니다

하늘에서 불이 나리게 하고
마른 땅을 적시어 주고
거짓 선지자들을 잡아 죽일 때에
우리는 그것이 능력인 줄 알았습니다

온갖 병을 고치고
죽은 게 벌떡 살아 일어나고
가난한 게 부하게 되고…
우리는 그것이 능력인 줄 알았습니다

그건
우리들 생각입니다
하나님의 생각은 우리와 다릅니다

하나님은 우리가 약해질 때까지 기다리십니다
약해질 때 하나님은 우리 곁에 오십니다
내가 강하여 있을 때 하나님은 침묵하십니다

이것이 신앙의 원리입니다
그래서, 사람으로 하여금
하나님만 바라보며 의지하게 하는
이것이 제대로 된 신앙이란 말입니다

돈을 벌었네
출세했네
박사가 됐네

시집 잘 갔네

장가 잘 갔네

병고침 받았네

그것은

사람이 보는 관점이지

하나님이 보시는 관점이 아닙니다

하나님이 보시는 관점은

밭에 소출이 없고

외양간에 소를 잃어버렸어도

오늘 당장 죽어갈지라도

하나님만 바라보는 것을 기뻐하십니다

오늘 우리가

의지하는 배경이 무엇입니까?

학위?

남편?

자녀?

부와 명예?

세상의 그 무엇?

하나님은
세상의 지나가는 것과
호흡이 있는 인생을 의지하지 말라고 하십니다

우리의 배경은 그러한 것이 아니라
시편 기자의 고백처럼
하나님만이 나의 방패요 산성이요, 바위시요…
구원이심을 고백해야 합니다

오늘 우리 신앙에 개혁이 있어야 합니다
대변화가 있어야 합니다
우리, 이렇게 신앙생활 하다가는
천국?
그거 그렇게 쉽게 얻어지는 거 아닙니다

천국은 내가 없어질 때 얻어지는 것입니다
높았던 것이 낮아지고
있었던 것을 버릴 때에
최고로 잘났다고 하는
얄팍한 자존심이 무너질 때에
나는 아무것도 할 수 없다고 할 그때에

나는 죄인이로소이다 할 그때에
보여지고 들어갈 수 있는 곳입니다

하나님을 바라보는 자가 되십시오
선과 악을 알게 하는 나무는 바라보지 마십시오

모든 좋은 것은
위에 계신 하나님 아버지로부터 내려옵니다.

괜찮은 척하지 마세요

사람에게 있어
체면이란 거 그거 중요하지요
"체면 구기지마"라고 말하잖아요
체면이 구겨지면
아주 꼴불견이지요

그래요,
때론 체면도 잘 살려나가야 해요
체면이 사람 됨됨이를 나타낼 때도 있거든요

그러나, 너무 괜찮은 척하지 마세요
아프면 아프다고
힘들면 힘들다고 말해보세요

조선시대 양반들처럼

배 쫄쫄 굶고 있으면서도

배부른 척하는,

그러면서도 아닌 척

안 좋으면서도 좋은 척…

체통 구겨진다 생각마시고

함께 나누어주세요

세상엔 괜찮은 사람 하나도 없답니다

아픔은 나눌수록 줄어들고

기쁨은 나눌수록 배가 된다 하잖아요

정말 좋은 친구는

말하기 전에

뜨거운 기도와

사랑의 손길을 펴주지만

대개는, 잘 있구나 생각한답니다

시간이 지나면서 해결될 일이라면

조금 더 견뎌주시고

아니라면, 함께 나누어주세요

나눔으로 얻어지는
그래서 함께 살아가는
공존의 의미를 느껴보세요
나눔의 삶이
최고의 복된 삶이랍니다

좋은 척
괜찮은 척하지 마세요
체면 살리려다 사람 죽습니다
체면이 밥 먹여주는 거 아니잖아요.

품격있는 사람

흔들림 없이 꿋꿋하게
제자리를 지켜오는 사람

가끔은 흔들려도
부러짐 없이
제자리를 지킬 줄 아는 사람

간혹 넘어지고 쓰러져도
포기할 줄 모르고
다시 일어서는 사람

세상은 변하는데
멋모르는 고루한 사람 같으나

자기만의 독특한 맛을 낼 줄 아는 사람

지치고 외로운 영혼들에게
유머를 나누어 주고
소망을 심어줄 줄 아는 사람

이웃의 잘됨에
박수를 쳐주고
함께 기뻐할 줄 아는 사람

눈물을 흘리되
남모르게 흘리고
언제나 웃음을 띨 줄 아는 사람

모두가 다 목소리를 높여도
언제나 부드러운 마음으로
맑고 고운 소리를 낼 줄 아는 사람

모두가 가는 길이어도
길이 아니면
멈춰 서고 돌아설 줄 아는 사람

남의 단점은 기억하지 않고
나의 단점은 날마다 수정할 줄 아는
품격있는 사람!

그런 사람이 그리운 때입니다.

맛을 낼 줄 알아야지

담백하면서도
그윽한 맛을 내기 위해서는
숙성하는 시간이 필요하지
오래 묵은 된장일수록
오래 숙성된 와인일수록
맛이 더 좋은 거야

사람도 그래야 하지 않겠니?
나이 40이면 자기 얼굴에
책임을 져야 한다고 하잖아

하물며,
60이 되고, 70이 되고

80이 넘어가고
나이 들어갈수록
향긋한 내음의 인품이 묻어나야 하지 않겠니?
나이 들어갈수록
구린내가 나면 안 되잖아

수십 년 살아오면서
배워온 거
경험한 거
쌓아놓은 거
큰맘 먹고 한번 풀어봐
그거 뭐 대단한 거라고
꼭꼭 감추어 둘 거 없잖아
어차피 가져갈 것도 아닌데…

배운 게 있으면
누군가에게 좀 가르쳐주고
가진 게 있으면
필요한 사람에게 나눠줘봐
구두쇠 양반
자린고비 소리들을 이유 없잖아

곱게 늙어간다는 것은
모양새를 말함이 아니라
고즈넉한 인품이
품어져 나오는 것을 말하는 거라구

잘 숙성된 음식일수록
맛도 향도 좋잖아
잘 익은 과일일수록
더욱 상큼한 향내가 나는 거라구.

허참…
정말이라니까!?

편한 게 더 좋다구?

서 있는 것보다
기대어 있는 게 낫고
기대어 있는 것보다
앉아 있는 게 나으며
앉아 있는 것보다
누워 있는 게 낫잖아

서 있는 것도 아니고
기대어 있는 것도 아니고
앉아 있는 것도 아니고
누워 있는 것도 아닌
어정쩡한 것은 보기에도 힘들어

불편한 거 좋아하는 이 있겠니?
세상도 편한 것을 추구하여
사람이 살아가기 편리한 것들을
계속 연구하고 발명해내잖아

무인 자동차
무인 비행기
각종 로봇을 비롯하여
인공지능에서부터
앞으로 줄기세포까지
어디까지 가게 될지
참으로 두렵기만 하다구

사람이 사람으로서
할 일이 있고
사람이 사람다운
인격도 있어야 하는데
모든 거 다 기계에 맡기고
무엇을 하자는 건지…
놀고 먹고
쾌락을 위한 삶만 살겠다는 거잖아

사람은 일을 할 때 건강하고
서로 서로 돌아보고
서로 서로 손잡고 교제할 때
삶의 의미를 아는 거라구

때때로 눈물도 흘리고
가끔은 실수도 하고
허허덕 거리며 웃을 때
행복이 무엇인지 아는 거라니까

편한 거 그거 좋은 거지만
너무 편한 것만 좇아간다면
그거 사람다움을 포기하는 거라구.

힘을 빼!

골프를 칠 때
가장 많이 듣는 말이
"힘을 빼!"이다

힘을 주고 때려야
멀리 갈 것 같은데
힘을 주다보면
제대로 맞추지를 못한다

붓끝에 힘이 지나치면
작품의 본래 뜻이 사라져서
최고의 작품이 나오지를 않고

말에 힘을 주고 말하면
괜한 오해를 받을 때도 있으며
목이 뻣뻣하면
뻣뻣한 말이 나오게 돼 있지

우리들 말과 태도에
부드러움이라는 양념을 쳐봐
상대방도 한결 부드러워지는 거야

눈에서도 힘을 빼봐
눈에 힘이 들어가면
상대를 얕보는 것처럼 보여

'외유내강'
겉은 부드러우면서도
속은 강하다는 거
우리 모두 그런 사람이었으면 해

뻣뻣한 배추에 소금을 치듯이
말을 할 때도 소금을 쳐서 말해봐
듣는 이가 더 맛있게 받아들일 거라구

겸손하면 존귀함을 받지만
교만하면 욕을 당하기 마련이야

힘을 빼면
모든 사람에게 좋은 사람이 되고
힘을 주면
모든 사람이 싫어하는 사람이 되는 거야.

깊은 대화를 할 수 있는 친구를 가져봐

답답하지?

어느 누군가와 속 터놓고

할 말 못 할 말 할 수 있다면

속이라도 확 풀릴 텐데…

이미,

벌써,

수많은 사람들이

친구에 대한 좋은 글들을 썼잖아

난 그 중에 이 말이 제일 좋더라

"모든 사람이 다 너를 떠나갈 때

네게로 오는 친구가 진짜 좋은 친구"라는 말

떠나가려고만 하지마
조금은 마음에 안들어도
기분을 조금 언짢게 해도
이해하려고 해봐

친구이기 때문에
너를 좋아하기 때문에
그 친구도 그렇게 마음 놓고
너에게 주절대는 거 아니겠어?
그 친구는 너라는 친구가 있다는 것을
자랑스럽게 생각할 거라구

사실, 자신의 약점이나 허물같은 것을
아무리 좋은 친구라도
쉽게 털어놓고 대화한다는 거
그거 쉬운 일이 아니야

친구라는 이유 하나만으로
마음 뿌듯하게 여겨야 해
왕따 한번 당해봐
그 서러움이 얼마나 큰지

죽고 싶도록 서러워하잖아

친구란,
흙을 북돋아 주는 것처럼
힘과 용기,
위로로 북돋아 줘야 해

친구란,
옆에서 말없이 어깨동무만 해줘도
차 한 잔 나누며
수다 한 번 떨어주는 것만으로도
정이 깊어가는 거라구

서러움이 눈물이 된
속 깊은 마음을 털어놓을 수 있는
친구를 하나 갖도록 해봐

그리고 또,
네가 그런 친구가 되도록 해봐
삶이 결코 메마르지 않을 거야.

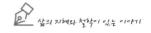

나이 들어가는 것을 무서워 하지마

올해도 벌써
10월의 마지막을 향해 달려가고 있네
참 빠르다
그치?

언젠가
나의 어느 글에서
이런 말을 한 적이 있어
"나이 듦이 기쁨이 되어야 할텐데"라는…

참 이상하지?
어렸을 적에는

빨리 나이가 들어 어른이 되고 싶어했지
그러던 것이 40대가 되면서부터는
나이 들어감에 부쩍 겁을 내거든?

그런거 보면,
인생의 언덕배기가 40대인가봐
아마 40대까지
아이들 키우랴
가정돌보랴
정신없이 뛰다가
조금 정신이 들면서부터는
나이에 대해 민감해지는 거 같아

40대가 지나서야
자신을 돌아보게 되는 거 같더라구
어떤 삶을 살아왔나
어떻게 살아가야 할까 하고 말이지

나이 들어가는 것을 너무 무서워 하지마
그거 사람을 성숙하게 하는 거고
사람이 사람다워지는 거거든

삶의 연륜을 무시하지마
아무 말 안 하고 가만 있어도
연륜이 감동을 가지고 오는 거야

자녀들 앞에
사람들 앞에
가만히 서 있어도
감격을 주는 거야
살아온 날을
나이로 말하는 거야
깊게 패인 주름이
인생의 노래가 될 수가 있고
곱게 핀 하얀 백발이
인생의 영화로움을 말해주는 거라구

나이 들어감을
무서워하지마
나이 들어감을
서러워하지마
많은 희로애락이 있었지만
세월의 고마움을 느낄 수 있으면 좋겠어

나이 들어감이
기쁨이 되고
행복이었으면 좋겠어

나이는 들어가는 게 아니고
세월을 엮어 가는 거라구.

허참…
정말이라니까!?

사람이 꽃보다 아름다워

꽃을 보면
아름답다고 합니다
아름다운 여인을 만나면
꽃처럼 아름답다고 합니다

꽃 중에 가장 예쁜 꽃이
사람 꽃인가 봅니다
가장 소중하게 생각하는 것이
사람이니까요

겹사꽃이 있지요
이중으로 꽃잎이 피는 꽃
사람도 그런가 봅니다

마음 안에
인품이란 꽃이 있고
겉에 핀 꽃은
정말 멋지고 화사한 꽃입니다

초년
중년
말년마다
독특한 꽃이 피어나고
그 향도 더 그윽해진답니다

향은 또 어떠하구요
천리 만리 날아가는
인품의 향은
다 죽어가는 사람도 살리우는
능력을 가지고 있답니다

이 향은 일반 꽃과는 달리
사시사철 아무 때나 어디서나
꽃을 피울 수 있어서
얼마나 좋은지 모릅니다

그 누구도 흉내낼 수 없고
모방할 수 없는 이 꽃은
하나님의 걸작품 중에 걸작품이지요

세상 어느 꽃보다
사람 꽃을 더 예뻐해 보렵니다.

눈으로 보는 것이
모두 사실은 아닙니다

우리 눈은

우리 스스로가 보는 것이 있고

우리 눈에 보여지는 것이 있습니다

보는 것은 둘 다 같은 것이지요

내가 이미 알고

보는 것도 있고

모르고

보는 것도 있습니다

생각과 관점에 따라

사실이 다르게 보일 수도 있다는 거지요

그러나, 어느 쪽이든
눈으로 보는 모든 것이
다는 아니라는 것입니다

때로는
보이는 것보다
우리 내면의 믿음과 신뢰가
사실일 수도 있고
더 중요할 때가 있습니다

오해라고 하는 것은
어쩌면 보이는 것보다
나의 생각과 편견에 의한 것이
많을 수도 있기 때문이지요

이해하는 것도 그렇잖아요
분명 오해의 소지가 많음에도
내가 이해해 주려고 하는 거잖아요

인정해 주는 것
우리 모두는 죄인이지만

하나님은 우리를
의인으로 인정해 주는 것
그것이 사실입니다

눈으로 보고 보여지는
그것 때문에 너무 실망하지 마십시오
보여지는 그것을 넘어서서
보아주시는
우리 하나님이 계시기 때문입니다.

버려야 얻는다

무엇을
그리 가지려 하십니까
이미 많은 것을 갖고 있으면서…

65년여 살아오면서
하루 두 끼씩만 계산해도
4만 8천여 끼를 먹으며 살아왔구만

창고에 쌓아두었던 것도 아니고
누가 부지런히 가져다 준 것도 아닌데
65년여 동안
내가 입었던 옷은 얼마나 될까?
양말이며 속옷은 셀 수도 없겠지

헤아릴 수 없을 만큼
많은 것을 누리며 살아왔는데
무엇을 그리 더 가지려 하니?
이제는 하나 하나
정리해야 될 듯한데 말이지

우리 마음이란 게
한길밖에 안 되는데
어찌도 이리 많이 쌓아지는지…

손에 쥘려고만 하지마
모든 것을 한 손에 쥘 수는 없어
하나를 가지려면
하나를 버리도록 해봐

꽁꽁 쌓아두고 있어도
아무 쓸데없고
골동품 되는 것도 아니잖아

나방이 되기 위해서는
고치를 버리고 나와야 해

고치 안이 안전하고 따스하다 해도

거듭나지 않으면

새로운 삶을 살 수 없어

버려봐

갖고 있음이 근심이지

버리고 나면 그렇게 편할 수가 없어

갓난 아이도

새로운 장난감을 얻기 위해

헌 것을 버릴 줄 안다고.

쉬엄 쉬엄 가자꾸나

고달프지 않은 인생이 어디 있겠니
날마다 웃으며 행복하게 사는 삶이 어디 있겠니

웃었다 울었다
행복할 때도 있고
불행이라 생각할 때도 있는 거지
바다가 늘 잔잔한 것만 아니잖아
파도가 일렁일 때도 있고
태풍이 몰아칠 때도 있어

그 모든 것들을
기쁜 맘으로 받으면
매사 견딜만한 거고

자그마한 아픔이라도
크다 생각하면 감당하기 벅찬 거지

사람 살아가는 길에
만남도 있고
헤어짐도 있고
사랑할 때가 있으면
미워할 때도 있는 거야

살아가다 보면
일이 술술 풀릴 때도 있고
엉킬 때도 있는 거야

삶이란 것이 본래 수고로운 거잖아
수고를 고생으로 생각하면
삶이 힘든 거고
수고를 낙으로 생각하면
삶이 즐거운 거지

그래도 너무 힘들면
쉬엄쉬엄 가보자구

서두르지 않아도 시간은 흐르잖아

오늘이 아니면

내일도 있는 거라구

인생이란

수고로운 것도

무거운 짐 지고 가는 것이 아니라

편안한 마음으로 가야 하는 거라구.

마무리를 잘 해야

어떤 일을 시작하는 것도 중요하지만
일의 매듭을 잘 짓는 것도 아주 중요해

일을 시작하지 않는 것보다
무언가 일을 시작하는 것이 더 좋지만
일의 마무리를 잘못하면
일을 시작하지 않은 것만 못하거든

누구나 잘 하기 위해서
일을 시작하지만
실수하거나 깔끔한 마무리를 못하면
그것처럼 낭패는 없잖아

그래서 자그마한 일에도
모사의 도움이 필요할 때가 있어
일의 성패는
모사가 있느냐 없느냐에 따라
달라지지

개인적으로도 마찬가지야
나 혼자만의 부귀영화를 찾는다면
할말이 없지만
나의 삶을 통해 보람을 찾는다면
모사의 도움을 받아봐

결과를 내기 위한 모사보다도
어떠한 영향을 끼치느냐
사람들에게 얼마나 내가 필요한가를
먼저 생각하는 것이 중요해

내가 먼저 모사가 되어봐
조금 더 사려깊게 생각해 보라구
때로 나의 생각이 가장 옳을 때가 있어
그리고, 끝마무리를 잘 하는 거야

아홉가지 잘 하다가도
마지막 하나 실수하면
사람들은 그것을 더 크게 말하잖아

차라리 처음에 실수가 좀 있어도
마무리를 잘하면
그 사람 일 잘한다는 말 들어

올 한 해도 얼마 남지 않았어
깔끔한 마무리로
좋은 한 해를 보냈다는 것을
사람들에게 보여줘 봐
그럼 서로 기분이 좋은 거라구

하이고야~!
나도 남의 말만 하지 말고
나의 삶부터 마무리를 잘 해야지.

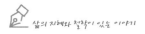
삶의 지혜와 철학이 있는 이야기

모든 걸 안다고
모든 걸 잘 하는 건 아니야

세상 모든 걸

다 알고 싶지?

세상 모든 걸

다 갖고 싶지?

세상 모든 걸

다 하고 싶지?

사람 살아가는데

그리 많은 거 몰라도 되고

그리 많은 거 갖지 않아도 돼

그리고, 어떻게

하고 싶은 거 다하며 살아가노

사람은 유한한 존재라는 것도 잊지마

먹고살기 위해
숟가락 몇 개 있으면 되고
가끔 손님이나 친구들 위해
한두 개 더 있으면 되지 않겠니?

세상 모든 거 다 갖는다고
모든 게 다 필요한 거 아니고
그게 다 내 것이 되는 거 아니야

세상 모든 거 다 안다고
모두 다 써먹는 거 아니고
모든 거 다 할 줄 아는 거 아니라구

모든 걸 안다고
모든 걸 하는 게 아니야
한두 가지만이라도
열심히 하는 게 좋아
재주 많은 놈이 잘 살지를 못해
지 재주를 너무 믿기 때문이지

좋은 선생은 자신의 모든 것을
제자에게 가르쳐 주는 거야
제자가 잘되면 기뻐하는 거지
자기가 최고라고 생각하면
그 사람은 그때부터 내리막길이야

진짜 모든 걸 아는 자는
겸손하게 묵묵하게
한발 한발 자신의 삶을 걸어가지
섣부르게 아는 자가
사방팔방 오지랖을 떠는 거라구
선무당이,
돌팔이 의사가 사람 잡는다 하잖아

모든 걸 아는 자는
사람이 함께 살아가는 길을 알고
이웃이 건강해야
나도 행복하다는 것을 안다고.

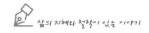

마음을 크게 가져봐

밝음이 있으면
어둠이 있고
빛이 있으면
그림자가 있는 거야

모든 일의 결국엔
어떤 결과가 있는 거지
모든 사물엔 목적이 있는 거야

어둠은 싫어하고
밝은 것만 좋아해서도 안되고
평안만 좋아하고
환난만 싫어해서도 안돼

마음을 옹색하게 하지 말고

크게 가져봐

몸은 제한되어서

크고 싶어도 클 수 없지만

마음은 노력하고 훈련하기에 따라서

얼마든지 크게 만들 수 있어

몸은 자그마한 거 드는데도

힘이 들지만

마음은 세상 전부 온 우주를 담고

들고도 남을 그릇으로 만들 수 있지

자그마한 미물 하나라도

사랑할 수 있는 마음을 가져봐

그 미물 안에도

하나님의 놀라운 섭리와

능력이 담겨 있어

죽었다 깨나도

우리는 그 작은 미물 하나

만들 수가 없어

고난도

아픔도

기쁨도

즐거움도 다

그분이 주시는 거라구

네 마음 안에

그분을 모셔봐

그러면

네 마음이 커지는 거야.

마음으로 보는 것이 진짜야

마음에도 눈이 있다고 하지?
마음은 마음의 눈으로 볼 수 있어
마음의 창문을 열어봐
마음의 창문은 닫아두는 게 아니야

마음이 꽉 닫힌 사람은
마음에 빛이 없는 사람은
꼭 살아있는 시체같아
찔러도 감각이 없고
피 한 방울도 안 나올 거 같아

소경들이 어떻게
사물을 판단하는지 알아?

어떻게
사람의 마음을 보는지 알아?

목소리만 들어도
그 사람이 어떻다는 것을 알지
때로는 피부를 만져봐도 알아
목소리는 마음에서 나오고
피부는 사람의 모양을 나타내주거든

사람들은 겉모양을 보고
사람 됨됨이를 판단하는데
됨됨이는 겉모양에 있는 것이 아니라
속마음을 보고 판단해야 되는 거야

겉모양이 반듯해도
속모양이 썩어 있는 사람이 있고
겉모양은 형편없어도
속모양이 반듯한 사람도 있어

겉모양은 부실해 보여도
속모양이 단단한 사람이 있고

겉보기에 꽉 찬 사람 같아도
속이 텅 빈 사람도 있어

기왕이면
겉모양도 속모양도
단단하고 진실하고
됨됨이도 제대로 되었으면 좋겠어

허수아비 같은 겉모양이
하나되기 보다는
마음과 마음이 하나되도록 노력해보자고.

운치(韻致)있는 사람이 되어봐

섬세하면서도 부드러운
부드러우면서도 따뜻한
따뜻하면서도 여유있는
한폭의 멋진 풍경화 같은 삶을 그려보자고

글이나 그림에만
어떠한 작품에만
운치가 있는 게 아니라
우리네 삶에도
운치가 있어야 해

고상하고 품위가 있는 멋,
그것을 운치라고 하거든

그러니, 진짜 운치가 있어야 하는 건
사람이 되어야 하는 거 아닌가?

빵꾸 난 양말을 보여줘도
이빨 새 고춧가루가 보여도
헝클어진 머리일지라도
흉허물 없는 친구라면
굳이 고상한 척
우아한 척
할 필요는 없지만
그래도 가끔 그런 게 필요해
그래야 친구라도 서로 존중하고
배려할 수도 있는 거거든

가끔은 주변 사람들을
깜짝 놀라게 해주는 센스와
웃길 수 있는 유머스러움도 가져봐
"저 사람 다시 보이네"
"저 친구 그런 구석이 있었어?"
서로 서로 그런 말을 한다면
우리 사회가 얼마나 살맛 나겠니

따사로운 말 한마디

정 가득한 시선

모든 것을 품어주는 마음

덮어주고 쓰다듬어주는 손길

사랑을 안고 걸어가는 발자국마다

운치가 그려지는

그런 멋지면서도

고상한 사람이

우리들 주변에 많아지면 참 좋겠어.

한 발 뒤로 물러나서 보도록 해봐

너무 앞으로만 가려고 하지마

잠시 멈춰 보기도 하고

때로는 한 발 뒤로 물러서기도 해봐

댄스를 할 때 보면

앞으로 갔다가

옆으로 갔다가

한 발 물러서서

뒤로 가기도 하잖아

너무 앞으로만 가도

뒤에 오는 사람을 이해하기 힘들고

너무 뒤처져 가도

앞에 가는 사람을 이해할 수 없어
경기장에서 경기하는 것도 아닌데
죽기살기로 나만 살려고 하지 말고
같이 가도록 해봐

사람마다 다 자기 입장이 있는 거잖아
그래서 under-stand 하라는 거야
상대방을 이해하려는 마음을 가져봐
무엇인가 말 못 할 사정이 있을 수 있잖아

많이도 말고
한 계단만 내려와봐
그래야 위에 있을 때 보지 못하던
등잔 아래 것들을 볼 수 있어

어느 시인이 그랬잖아
"올라갈 때 못 본 꽃
내려올 때 보았네"라고

낮은 자리 있을 때
어디로 가고 있는 것인지

무엇을 하고 있는 것인지

자세히 볼 수 있는 거야.

허참…

정말이라니까!?

우리 함께 가요

빨리 가고 싶으면 혼자 가고
멀리 가고 싶으면 함께 가라는
아프리카 속담이 있어

혼자 살아보겠다고
무리를 떠나는 동물들은
먹잇감이 되기 쉽다는 거지

맹수라도
무리지어 있는 동물들에게는
접근을 주저하나
홀로 있는 자에게는
누구나의 표적이 되는 거지

초원에 사는 동물들도
어떻게 하는 것이
함께 살 수 있는가를 알고 있다는 거야

한낱 미물들도
위험을 알아 서로 도와주고
서열을 알아
순종하며 질서를 세워나가는데
만물의 영장이란 사람들은
서열도 모르고
제 살 길만 찾고 있다가
언제 죽임당하는지도 모르고 죽어가잖아

우리 함께 가자고…
뭉치면 살고
흩어지면 죽는 거야

뭐?
요즘엔 뭉치면 죽고
흩어지면 산다고?

좋아한다고
모든 것을 다 가질 수 있는 게 아니야

좋아한다고

모든 것을 다 가질 수 있는 게 아니야

나에게 맞는 것이라고

내가 다 가질 수 있는 것도 아니고

내 맘에 든다고

모든 것을

나에게 맞출 수 있는 것도 아니잖아

모든 것을 갖고 싶어도

모든 것을 다 가질 수 있는 게 아니야

잊어버리고 싶어도

다 잊을 수 있는 것도 아니고

생각하기 싫다고
생각이 안나는 게 아니고
보고 싶지 않다고 해서
안 볼 수 있는 것도 아니라구

삶이란 것이 그렇게
나에게 맞추어져 있는 게 아니거든
맘에 들어도
버려야 할 때가 있고
싫어도 껴안고
같이 가야 할 때가 있는 거잖아

그게 삶이라는 거지
삶이란 얽히고 설킨 것도
때때로 부둥켜안고
서로 보조를 맞추며
살아가야 하는 거라구

때로는
앞에서 끌어야 할 때도 있고
뒤에서 밀어야 할 때도 있어

앞서거니
뒤서거니
그렇게 함께 가는 거라구

내 뱃속으로 낳은 자녀도
내 맘대로 안되고
심혈을 기울여 공들인 것도
무너질 때가 있는 거잖아

나에게 맞추라고 하지 말고
서로 한 발자국씩 양보하면서
함께 걸어가는 것이 삶 아니겠니?

2부

믿음, 소망, 사랑의 노래

사랑은 오래 참고

오래 참는 게 능사는 아니라고 한다
무작정 오래 참다가
오히려 병이 나기 때문이라나?

하지만 이 세상에
병이 심화될 정도로
오래 참을 수 있는 이는 없다
병이 나기 전에 폭발해 버리고 만다

전에 와이프랑 자주 다투었다
그래서 와이프에게 부탁도 해봤다
"우리 살고 죽고 하는
문제가 아니라면 싸우지 말자"고…

그렇다

다투지 아니해서 살 수 없는 일이라면

피터지게 다투어야 하겠지만

다툼의 원인이라는 거

아주 자그마한 것에서 시작된다

자존심 문제라나?

지렁이도 밟으면 꿈틀거린다나?

다툼의 가장 큰 원인은

사랑의 부재이다

사랑이 넘쳐나는 곳에는

평화가 있을 뿐이지 다툼이란 없다

뒤돌아보면

와이프와 다투었던 것도

사랑이 없어서였다

산을 옮길만한 믿음이 있고

내 몸을 불사르어

구제하는 일에 몽땅 썼다 할지라도

사랑이 없으면 아무것도 아니란다

우리들 삶의 기본 바탕이
사랑이어야 한다
사랑이란 기초에서
집을 세워나가야 한다
사랑이란 관계에서
만남도 이루어져야 한다

때때로 다툼이 있고
오해의 소지가 있고
잘못된 길로 가는 것을 볼지라도
사랑으로 오래참고
온유한 가운데 바로잡아주어야 한다

바로잡아주고
세워주는 것이 참 사랑이다
버리고 헤어지고 하는 것은
사랑이 없어서이다

사랑이 상실된 시대
바로 지금이 사랑이 필요한 때이다.

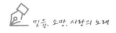

사랑은 언제나 바겐세일

경제가 어려워지니
자그마한 물건 하나 사는 데에도
선뜻 결정을 내리기가 어려운 때입니다

철 따라 명절 따라 실시하는
바겐세일하는 곳을 찾아가 보지만
여전히 주머니 열기가 어렵습니다

그래서 여기 이렇게
아주 싼값에 판매하는
그러면서도 아주 값어치 있는
사랑을 세일하고자 합니다

이 사랑은 팔고 팔아도
품절이 없는 제품입니다
마치 공기를 쓰고 또 써도
없어지지 아니하는 것처럼
세상 끝날까지 사라지지 않는
아주 좋은 상품입니다

누구나 갖고 싶어 하는
누구나 팔고 싶어 하는
그러면서도 가장 값어치가 있는
아주 멋진 물건입니다

세상에 이처럼 멋진 물건을
본 적이 없습니다

누구나 받고 싶어 하고
주고 싶어 하는 사랑이란 이 선물은
언제나 바겐세일입니다

말만 잘하면
이쁘게만 보이면

덤으로

바이 원 겟 원으로 드립니다

그러나, 누군가에게는 시간이 지나면

다시 살 수 없을지도 모릅니다

누군가에게는 시간이 지나면

다시 볼 수 없을지도 모릅니다

시간이 지나기 전에

그때 가서 후회하지 마시고

바로 지금 구입하시기 바랍니다.

허참…

정말이라니까요!?

사랑스런 눈으로 보면…

"왜 그리 빤히 쳐다봐요
내 얼굴에 뭐가 묻었어요?"

"그렇소.
그대 얼굴에 아름다움이 묻었구려."

사랑스런 눈으로 보면
아름답지 않은 것이 없고
불평스런 마음으로 보면
모든 것이 불만족스러운 거야

선한 마음에서
선한 것이 나오고

악한 마음에서
악한 것이 나오듯
사랑이 충만한 마음에서
긍휼히 여기는 마음이 나오는 거지

사랑이 충만한 마음은
사람을 선하게 만들고
악한 사람일지라도
사랑 앞에서는
속절없이 무너지는 거야

건강이 조금 약해도
물질이 조금 부족해도
친구가 조금밖에 없어도
사는 데 지장없지만
사랑이 부족하면
살아감이 메마른 거야

줄만한 무엇이
나에게 없을 수 있지만
사랑은 끝없이 줄 수가 있어

사람의 마음에는

마르지 아니하는 샘물보다

더 깊은 샘물이 있어

퍼줄 수 있는 여유가 없을 뿐이지.

허참…

정말이라니까!?

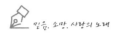

사랑한다는 말에도 가짜가 있어

난 말야 지금까지
사랑이라는 말을 들으면
그게 다 좋은 거라고만 생각했어

참 잘한다 라는 말을 들을 때에도
정말 잘한다고 칭찬하는 줄 알았어

그런데, 그게 아니더라구
사람들이 하는 말이
그 반대일 때도 있다는 것을 알았어

말과 행동이, 말과 생각이
다를 수 있다는 것을 알았어

그래서 사람들이
서로 믿지 못하고 사는가 봐
그래서 신용이란 말이 나왔나 봐

그런데, 지금은
그 신용이란 말도 못 믿겠어
저 사람은 믿을 사람이 못 돼 라고
말하는 내가 얼마나 가여운지 모르겠어

사람만 속 다르고 겉 다른 게 아니라
말에도 속 다르고 겉 다른 게 있더라구

배가 고프다 하면
정말 배고픈 줄 알았어
어렵고 힘들다고 하면
정말 그런줄 알았어

좋아한다는 말에도
사랑한다는 말에도
잘한다고 하는 말에도
가짜가 있다는 것을 알았어

진심이 아닌 말을 하면서도
얼굴색 하나 변하지 않고
진짜처럼 말할 수 있다는 것도…

이런 세상이 있다는 게
얼마나 가슴 아프고 비참한지
얼마나 슬픈 일인지 모르겠어

그래서 사랑도 변하나 봐
그래서 사랑도 믿을 수 없다고 하나 봐

그 누구를
그 무엇을
사랑한다고 하는 말을 조심해야겠어.

사랑을 담아보세요

사랑을 하고 싶다고요?
사랑의 마음을 담아보세요
사랑을 담고 있으면
모든 것을 사랑할 수 있답니다

사랑을 담고 있으면
사랑스런 말이 나오고
모든 것이 사랑스럽게 보인답니다

사랑이 없는 냉랭한 마음은
우리들 삶을 더욱
삭막하고 거칠게
만들기만 합니다

사랑이 없는 미운 마음은
서로 믿지 못하게 하여
삶을 각박하게 만들어 줍니다

사랑이 넘치는 마음
사랑이 가득한 얼굴
사랑이 풍성한 가정
사랑이 넉넉한 사회

사랑으로 무르익은 사람들이 많아질수록
삶은 더욱 풍성해지겠지요

사랑의 씨앗을 심어보세요
심고 또 심어 주어야 합니다
가끔 거름도 준다면 더 잘 자라겠지요

세상은 사랑을 원하는데
사랑을 아는 이도
사랑을 하는 이도 없어서
모두가 사랑의 결핍증을
앓고 있답니다

멀고도 아주 먼 옛날
온 세상은 사랑으로 가득 찼었습니다
그러던 어느날 사람들은
시기와 질투로 말미암아
그 귀한 보물을 잃어버렸답니다

그 보물을 다시 찾으려면
사람들 속에 숨어있는
시기와 질투
미워하는 마음을 버려야만 합니다

버리고 버릴 때
사랑은 말없이 돌아와
화목과 평화의 꽃을 피워낼 것입니다

시기와 질투, 다툼
미움의 가시 덤불을 걷어내고
사랑의 씨앗을 심을 때입니다.

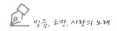

사랑은 가슴으로 말하는 거야

진짜 사랑은 가슴으로 말하는 거야
진짜 사랑은
눈빛만 봐도 알 수 있어
진짜 사랑은
손을 잡아봐도 알 수 있지
그 따사로움이 손으로 전달돼 오거든!

사랑은 가슴으로 말하고
사랑은 가슴에 묻어두는 거야

어제는 왜 그걸 몰랐을까?
가슴에 묻어두지 않은 사랑은
오래 가지 못한다는 것을…

사랑하는 자식이 죽으면
그 사랑하는 자식을
가슴에 묻어둔다 하잖아

진짜 사랑은 가슴앓이를 하는 거야
혼자 울고
혼자 몸부림치고
아무것도 가슴에 들어오지 않아
사랑으로 꽉 찬 마음에는…

참 사랑은 가슴 안에 묻어두는 거야
누가 들여다 보지 못하고
누가 가져가지 못하도록…

참 사랑은 가슴으로 말하는 거야.

허참…
정말이라니까!?

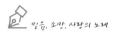

사랑이 필요한 이유

죄는 미워해도
사람은 미워하지 말라는 말이 있지?
분명 사람이 죄를 지었는데
사람을 미워하지 말라니
그게 말이 되니?
우리 머리로는 이해가 안돼

죄를 벌하려면
죄를 지은 사람을 벌해야 하잖아
그냥 정상참작만 가지고는 안되잖아

그래
분명 머리로는 안돼

머리는 비판하고
판단하는 일에 빠르잖아

그래서 우리에게 가슴이 있는 거야
머리로 감싸줄 수 없는 것들을
도저히 용서할 수 없는 것들을
가슴으로는 품어줄 수 있잖아

무조건 정죄하고
벌만 받아야 한다면
그 누구도 온전할 수 없어
아무도 심판과 정죄 앞에 설 수 없다구

사랑이 필요한 이유가 그래서야
감싸주고
덮어주고
보다듬어주고
그거 사람을 온전하게 세워주는 거라구

사랑이 먼저인가
용서가 먼저인가

그런거 따지는 거 아냐
그것은 동시에 해주는 거야

허물을 가리울 것은 아무것도 없지만
사랑은 모든 허물을 가리울 수 있어
정죄는 원수를 만들지만
사랑과 용서는 친구를 만들어

무조건적인 판단과 정죄는
모든 것을 무너뜨리지만
사랑과 용서는
무너진 것도 다시 세울 수 있어.

허참…
정말이라니까!?

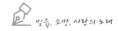

모든 것을 사랑해줘

사람만이 사랑을 주고받는 게 아니야
동물들도 자기를 좋아하는 이를 더 잘 따르고
나무와 꽃들도 이뻐해 주면
더 싱싱하게 잘 자라는 거야

세상 모든 것들은
사랑을 먹어야
행복하게 살 수가 있어

행복의 조건은
잘남도
가짐도
배움도 아니야

그 모든 것 다 있어도
사랑이 없으면 불행한 거고
그 모든 것 다 없어도
사랑이 있으면 행복한 거지

사랑을 받는 사람만이
사랑을 줄줄도 알아
사랑이 뭔지 모르면
사랑할 줄을 모르거든

우리가 어떻게
하나님을 사랑할 수 있겠어
그분이 우리를 사랑해 주시니
우리도 사랑을 배우게 된 거지

멀리 가서
사랑하려고 하지마
원수를 사랑해야 한다고?
웃기는 소리 하지마
네 이웃도 사랑 못하면서…

멀리 가서
무엇을 주겠다고 하지마
네 이웃을 돌아볼 줄 모르면서…

다른 거 구하지마
하나님의 사랑하심을 구해봐
그분의 사랑으로
사랑을 알게 되면
모든 것을 사랑할 수 있게 되는 거야.

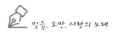

믿어줘봐

사람 살아가는 세상에
중요한 것이 뭐라 생각하니?

가족?

친구?

건강?

사랑?

행복?

물질?

그래

어느 하나라도

중요하지 않은 게 없지

난 말야
사람 살아가는 데 있어
가장 중요한 것이
신뢰라고 생각해

가족도 친구도
사랑도 행복도
그 보이지 않는 바탕에
신뢰라고 하는 기초가 없으면
쉬이 무너지고 말 거 아니겠어?

서로서로 믿음의 관계가 없다면
와우! 그거 생각만 해도 끔찍한 일이잖아

뭐 먹을 걸 제대로 먹겠니?
말 한번 제대로 할 수 있겠니?
모든 행동이 다 이상하게 보일 거고
그런 생지옥이 어디 있겠어

처음부터 마음 주고
믿어 주고 한다는 게

그리 쉬운 일은 아니지만
믿기 위해 노력은 해야 하잖아

한번 믿음을 주면
끝까지 믿어 주도록 해봐
감동이 되면 상대방도
믿음을 보여 주게 돼 있어
믿으면 의심하지 말고
의심나면 믿지 말아야 해

처음 사귀기가 힘들지
한번 사귀고 나면 오래 간다는 말을
너무 신뢰하지마

믿음이란
말로 만들어지는 게 아니고
보임으로 만들어지는 거라구.

아름다운 발자국

걸음 걸음마다
발자국이 남듯이
발자국에는 향기도 남습니다

어떤 사람은
구린내를 남기고
어떤 사람은
향기로운 냄새를 남깁니다

어떤 사람은
그림자만 보아도 두려웁고
어떤 사람은
그림자만 보아도 반갑습니다

사람이 지나간 자리에
소문만 무성하게 남는 사람이 있고
아쉬움이 남는 사람도 있습니다

사람이 떠난 자리가
크게 보이는 것은
큰 발자국을 남긴 것이고
비인둥만둥한 것은
별 남겨진 것이 없다는 것입니다

언제나 좋은 소식
언제나 복된 소식을
가져올 수는 없지만
좋은 걸음은 걸을 수 있습니다

마음이 반듯하고
생각이 반듯한 사람은
걸음걸이에 주저함이 없습니다
그의 걸음 걸음은
언제나 아름다운 발자국을
남길 수 있습니다

아름다운 발자국은

산을 넘고

강을 건너도

피곤하지 아니하며

아름다운 향기는

온 사방에 가득 피어나

가는 곳마다

환영을 받게 될 것입니다

최고의 복은

하나님과 동행하는 발걸음입니다.

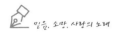

아무것도 염려하지 말고

우리는 늘 입으로 말하기를
예수님이 계시니,
예수님을 믿으니,
아무것도 염려하지 않는다고 합니다
아무것도 염려하지 말라고 합니다

그런데 우리는 늘상
염려라고 하는 쳇바퀴 안에 살면서
염려하고 염려하고
또 염려하며 살고 있습니다

왜 그럴까요
이유는 간단합니다

염려하지 않기 위해서는
기도를 해야 합니다
기도는 나의 모든 염려를
그분에게 맡긴다는 뜻입니다

그리고, 모든 것을 그분에게 맡겼을 때
그분은 우리의 필요를 채워주십니다

기도는 하지 않고
그분을 신뢰하지 않고 있기에
염려라는 보따리는 늘상
우리들 머리 위에 놓여 있는 것입니다

맡기십시오!
맡기셨을 때
염려하지 않게 되는 것입니다
맡기셨을 때
진정한 기도가 나오는 것입니다

감사는
염려하지 않을 때 나오는 찬양입니다

우리의 입술에 얼마나
찬양이 머무르고 있느냐가
감사의 횟수와 비례합니다

나보다도 더 나를 아시는
지각이 뛰어난 그분에게
마음과 생각을 맡기십시오

바로 그곳에
평강이 있기 때문입니다.

숨쉬고 있다고
다 살아있는 게 아니야

숨쉬고 있다고 해서

다 살아있는 게 아니야

어떨 때는 차라리

숨이 끊어지는 게 나을 때도 있어

구차한 목숨 연명하기 싫다고 하잖아

어떨 때는 더러운 꼴 보기 싫어 숨쉬기 싫고

어떨 때는 내 삶이 초라해서

숨쉬고 살기 민망하고…

그건 그런대로 이유가 있어 괜찮은데

멀쩡하면서도 제 구실 못하는 거 보면

한심하다는 거지
그런 사람을 가리켜 그러지
"귀신은 뭐 하고 있는지 몰라
저런 사람 안 데려가고."

하나님이 우리에게 호흡을 주신 것은
호흡이 있는 날 동안
창조주를 기억하라는 거야
그분이 우리에게 숨을 불어 넣어주셨기 때문이지

들숨이 있고
날숨이 있어
좋은 것은 들이마시고
나쁜 것은 내쉬어야 하는 거지
그래야 몸이 건강한 거거든

좋은 것도 모르고
나쁜 것도 모르고
들이마시니 문제가 오는 거지
그나마 하나님이 코에
필터를 달아주셔서 얼마나 다행인지 몰라

코뿐인가?

우리 마음에도

선악을 분별할 수 있는 기능을 주셨잖아

그럼에도

제 몫을 못하며 사는 자는

숨은 쉬고 있으나

죽은 것이나 다름없어

제발 산송장으로 살지 말고

하나님 기뻐하시는 행실로 살아보자고.

허참…

정말이라니까!?

믿음이 있어야…

요즘 세상에
가짜가 판을 쳐서 그러는지
물건 하나 사더라도
믿음이 제대로 안 가더라구

누가 보험을 하라고 하던지
좋은 물건을 소개해 줘도
정말 나에게 유익이 있는 것인지
생각 안 해볼 수가 없어

그 뿐 아니라
일생을 같이 살던 사람도
한순간의 실수로

믿음이 깨어지는 거 보면
참 가슴이 아파

어떤 실수를 했을 때
그 실수 하나만 탓하면 괜찮은데
평생의 신뢰까지도 들먹이며
네가 그런 사람인줄 몰랐다며
깨어지는 걸 보면
우리들 믿음이란 것이 그런 거였나?
생각을 하게 되지

믿음이 깨어지는 건
일순간이야
일생 공들여 쌓아온 신뢰도
아차 하면 나락으로 떨어지지

이해해보려는 노력없이
오해와 실수
그리고 생각 하나로
수십 년 믿음이
물거품이 되기도 하잖아

우리들 믿음의 관계는
그 이상이었으면 해
혹여 실수를 하더라도
그럴 수 있지
나도 그런 사람인데 하면서 말이야

세상에 온전한 사람은 없어
믿음을 주지 않으면
한시도 살아갈 수 없는 게
사람의 관계라구.

참아 기다려봐

억울한 일을 당하면 정말 억울하지?
괜한 오해를 받아도, 괜한 눈총을 받아도
정말 속이 상하지?

나는 잘 하고자 일을 했는데도
오해를 받을 때가 있어
나를 시기하거나 미워해서
내가 잘못되기를 바라는 사람도 있더라구

속을 뒤집어 보일 수도 없고
시시콜콜 변명하면서
아니라고 말할 수도 없고
속상할 때가 많더라구

시시비비를 가려보고 싶어도

나만 더 쩨쩨하게 느껴지고

일만 더 많아지기도 해서

귀찮아질 때도 있거든?

그럴 때는 말이야

조금 더 참고 기다려 보는 거야

시간이 해결해 준다고 하잖아

물이 빠지고 나면

숨겨진 돌이 드러나듯이

문제가 가라앉고 나면

무엇이 문제였는지 알아볼 수 있는 거야

너무 조급해 하다가

일을 망치지 말고

조금만 더 참고 기다려봐

그러면 인내심도 생기고

사람들은 그런 너를 다시 보게 되는 거야.

나눠주기를 잘해야…

밥 한 그릇이
쌀 한 가마니로 돌아온다는 말이 있어

누군가에게 선행을 베풀면
그 사람은 평생 너를 잊지 못해
하나님께서도 기뻐하신다고 하잖아

한낱 미물들도
은혜를 갚을 줄 알거든
사람은 어떠하겠어

어린아이처럼
손안에 움켜쥐려고만 하지마

손안에 갖고 있다고
다 내 것이라고 착각하지마

내려놓을 때
비워낼 때
비로소 내 것이 되는 거야

내 손안에 있을 때만
내 것이라 생각말고
내 손밖에 있는 것도
모두 내 것이라 생각해봐

참 자유함은
가지려 할 때가 아니라
비워낼 때라구.

허참…
정말이라니까!?

물고기는 물을 먹고살지 않는다

물고기는

물을 먹고사는 줄 알았다

그들은 물만 있으면 되는 줄 알았다

그러나 물은

그들의 활동 영역을 제공해 줄 뿐

그들의 양식 자체는 아니다

사람 역시

마찬가지다

세상이란 구조 안에 살고 있지만

세상을 먹고사는 것은 아니다

세상 공기가 험악하고
세상 풍조가 혼탁해도
살아갈 수 있는 것은
세상을 먹고사는 게 아니기 때문이다

공기도 필요하고
바람도 필요한 것이지만
음식을 먹지 못하면 죽는 것처럼
사람도 사람으로서
먹어야 할 음식이 있다는 거다

먹어야 할 것을
제대로 먹지 못했을 때
배탈도 나고
식중독도 오곤 하는 것이다

주님은 말씀하신다
사람이 떡으로만
사는 것이 아니요
하나님의 입에서 나오는
말씀으로 사는 것이라고…

가져도 만족함이 없고
먹어도 배부르지 아니하고
자꾸만 욕심이 생기는 이유는
참 양식인 하나님의 말씀을 먹지 않아서이다

이 세상이 이리도 험악하고
이 세상 삶이 곤고한 까닭은
진리요 생명의 법인
하나님 말씀대로 살지 못하기 때문이다

일어나 하나님께로 돌아가자
옷을 여미어 입고
허리띠를 동여매고
진리 안에 살아가도록 하자
그 길만이 사는 길이요
그 길만이 행복해지는 비결이다

물 속에 사는 물고기는
물을 먹고살지 않는다.

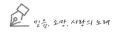

내가 너의 기쁨이었으면 해

네가 기뻐할 때
먼저 생각나는 사람이
나였으면 좋겠어

네가 힘들어 슬플 때에
먼저 생각나는 이도
나였으면 좋겠어

나를 생각할 때마다
절로 웃음이 나오고
절로 힘이 솟아나는
그런 사람이었으면 해

멀고 먼 인생길에
함께 손잡고
어깨동무하고
등 토닥거리며
알콩달콩
사랑이야기 나누며 가다보면
먼 길도 쉬이 갈 수 있을 거야

친구랑 가는 길에
부담이 안되고
껄끄러움이 없는
그런 친구가 되었으면 좋겠어

가끔은 내가 실수를 하더라도
사람은 다 그럴 수 있다고 생각하고
이쁘게 봐 주도록 해

사랑하는 사이가 되면
자그마한 실수는
이쁘게 보이는 거야.

마음 가꾸기

가까이 있어도
마음이 없으면 먼 사람이고,

아주 멀리 있어도
마음이 있다면 가까운 사람이니,

사람과 사람 사이는
거리가 아니라 마음이래요

그래서 하나님은
외모를 보시지 않고
우리의 중심,
마음을 보시는가 봐요

그래서 하나님은
마음 안에 성전을 두시고
우리 마음 안에 계신 건가 봐요

그래서 그분은
우리 마음이 깨끗하기를 바라시는 거구요
마음이 청결하지 못하면
하나님을 볼 수 없는 거지요

마음을 깨끗하게 하고
마음 밭을 기경하고 나면
좋은 밭이 되어서
30배, 60배, 100배의
열매를 맺을 수 있는 거래요

외모 가꾸기보다
마음 가꾸기가 더 중요한
까닭이랍니다.

허참…
정말이라니까요!?

3부

행복과 감사
위로와 격려

가슴이 뛰어야 | 하늘이 무너져도 솟
아날 구멍이 있어 | 쉬지 말고 걸어라
| 세우는 일을 해줘 | 너무 실망하지
마 | 행복지수를 높여라 | 내 것이 소
중한 거여 | 너무 힘들어 하지마 | 똑
똑하다 자랑말고 못났다고 자책하지
마 | 추억은 그리움으로 새겨두도록
해 | 진리 | 여유로운 마음을 가져봐
| 삶의 멀미가 나십니까? | 벌거벗고
목욕탕 들어가 봐 | 마음의 집을 잘
지어야 | 죽기밖에 더하겠어요?

가슴이 뛰어야

야야야~!
내 나이가 어때서…

그렇지?
나이가 뭐 어때서

가슴만 뛰면 되는 거잖아
가슴만 살아있으면 되는 거잖아

가슴이 뛰어야
생각할 수 있고
무언가를
할 수 있는 거라구

가슴이 활발하면
사람도 활발하게 돼 있어

가슴에 힘이 없으면
사람도 힘이 없는 거야

가슴이 살아있어야
희망도 원대해지고
멀리 내다볼 수 있는
꿈도 생기는 거라구

열정적인 사람은
가슴이 뜨거운 거라구

냉혈한처럼
차가운 사람은 되지 말아줘

가슴이 차가운 사람은
사람을 죽이지만
가슴이 뜨거운 사람은
사람을 살릴 수 있어

가슴에 손을 얹고
생각해 보라고 하잖아
가슴이 살아있어야
좋은 생각이 나오기 때문이지

그러니 무엇보다도
네 가슴을 건강하게 해줘
가슴이 살아있어야
뭔가라도 해볼 수 있는 거라구.

허참…
정말이라니까!?

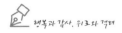

하늘이 무너져도
솟아날 구멍이 있어

참 기막힌 말이야
이것만큼 위로가 되고
힘이 되는 말도 없을 거야

그러면서도 꼭 들어맞는 말이구
그래서 우리들 삶에 큰 힘이 되기도 하지
다시 시작할 수 있는 용기를 얻게 되거든

하늘이 무너지면 그거
사실은 게임오버야
우리가 즐기는 게임에는 끝이 있지만
우리가 사는 삶에 끝은 없더라구

하늘은
우리가 사는 공간을 말하기도 하지만
내가 가장 믿고 의지하는 것이기도 해
그래서 '하늘같은 남편'이라고 하잖아

내가 의지하던 일
내가 의지하던 남편
내가 믿고 따르던 그 무엇…
그것이 무너지면 세상이 끝난 줄 알아

종종 벼랑에 서 있을 때가 있을 거야
모든 것이 다 끝났다고
생각할 때도 있을 거야
다시는 일어설 수 없다고 느낄 때도 있을 거야

그러나, 그때가 바로
새로운 길이 열리는 때라는 것을 잊지마
포기하지만 않으면 말이야

하늘은 절대 무너지지 않아
그 하늘은 지금 바로 너라구

네가 무너지지 않으면
하늘은 무너지지 않아

지금 힘들어도
당장 무너질 것 같아도
조금만 참고 견뎌봐
솟아날 구멍이 보일 거야

그동안 수많은 사람들이
하늘이 무너진다 무너진다 했지만
나는 아직 무너진 하늘을 본 적이 없어.

허참…
정말이라니까!?

쉬지 말고 걸어라

자전거는 페달 밟기를 멈추면 쓰러져
계속 가려면 페달을 밟아 줘야 해
노를 젓지 아니하면
배는 나아가지 않아

인생도 마찬가지야
노를 젓듯이 페달을 밟듯이
끊임없이 젓고 밟아 줘야 해

앞으로 가는 인생이 있고
뒤로 가는 인생이 있어
꾸준한 진보가 없으면
뒤로 갈 수밖에 없는 거지

평생교육이란 말이 있잖아
참 마음에 드는 말이야
배우는 것에는 왕도가 없고
쉼이 있어서도 안돼

사람의 뇌는
어느 정도 성장하고 나면 퇴화하지
퇴화를 막기 위해서
영양분 섭취라든지
운동을 한다든지
꾸준한 노력을 해야만 해

자기 삶에 만족을 얻기 위해서도
지속적인 자기 성장이 있어야 하는 거지
성장이 멈추면 그때부터는 퇴화하는 거야

머리도 쓰다보면
지혜도 늘어나고
삶의 요령도 생기게 돼
과거에 집착하지 말고
새로움에 도전해 봐

어차피 인생은 넘어지기 일쑤고
실패할 수밖에 없는 거야

실패를 실패로 생각하지 말고
배움과 경험이라 생각하며
한걸음 한걸음 가다보면
목적지에 다다를 수 있는 거야

걷고자 하면
길이 있으나
걸을 수 없다 생각하면 길이 없는 거야.

세우는 일을 해줘

모종을 하는 시기입니다
흙을 북돋워 주고
바람 불면 넘어질세라
끈으로도 묶어줍니다

사이사이 삐쭉거리며 올라오는
잡초들도 솎아내고
내 새끼 잘 자라라고
거름도 듬뿍 줍니다

사람도 식물처럼
북돋워 줄 필요가 있습니다
때때로 넘어질세라
잡아줄 필요도 있습니다

성장기 아이에게는
영양식도 해주어야 합니다

틈틈이 돌아보며
물도 보충해 주고
벌레도 잡아주어야 하듯이

시간마다 돌아보며
간식도 해주고
잘못된 친구로부터의 보호와
어드바이스도 해주어야 합니다

자그마한 잘못을 했을 때도
너무 나무라지 마시고
다음에는 잘 할 수 있다고
용기를 심어줌도 필요합니다

용서와 이해는
온유한 마음으로 해주어야 합니다
온유한 마음으로 할 때
그 사람도 온유한 사람이 될 수 있습니다

남에게서 티만 보려 하지 마시고
그가 가지고 있는 장점이 무엇인지
찾아보시기 바랍니다

그 사람도 나와 같이
북돋움이 필요하고
잡아줌도 필요하고
영양식도 필요한 사람입니다.

허참…
정말이라니까요!?

너무 실망하지마

하는 일이 잘 안된다고
너 자신이 초라해 보인다고
너무 실망하지마

세상사라는 게
잘될 때도 있고
안될 때도 있는 거야
지금 잘 된다고 교만하지 말고
지금 안 된다고 기죽을 거 없어

배운 게 없고 가진 게 없다고
너무 실망하지마
배웠어도 못 배웠어도

가졌어도 못 가졌어도
하루 두세 끼 먹고
잠 잘 때 잠 자고
아플 때 아프고
그거 다 똑같은 거야

잘났다고 뻐기지 말고
못났다고 낙담하지마
잘났어도 못났어도
한순간 살다 가는 건 똑같은 거야

라이온스 클럽 모임에 가면
다함께 제창하는 구호가 있더군

"사람 위에 사람없고
사람 아래 사람없다"

세상에는
절대적인 선이 없고
절대적인 악이 없어
다 똑같은 거지

물은 배를 띄우기도 하고
뒤집기도 하지

좋은 것이라고
좋은 면만 있고
나쁜 것이라고
나쁜 면만 있는 게 아니야

지금 선한 사람도
내일 악할 수가 있고
지금 악한 사람도
내일 선한 사람이 될 수 있어

그러니 너무 네 자신에 대해
비관적인 생각만 하지마
너도 내일 누군가에게
도움을 줄 수 있고
내일이면 살아있다는 것이
행복하다고 생각할 수도 있을 거야.

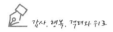

행복지수를 높여라

아이큐를 높이고 싶다고?
1인당 GDP를 높이고 싶다고?

아이큐 높다고 해서
수입이 많다고 해서 행복한 거 아니야

가진 거 많고 적음이
지식의 많고 적음이
행복순이 아니더라니까

스트레스 안 받고 사는 사람들은
미친 사람들이더라구
정신병자들은 스트레스를 받지 않아

무언가에 미쳐서
열심히 살아봐
일을 안해서 스트레스 받는 거지
일을 해서 스트레스 받는 건 없어

적당한 일
적당한 쉼
적당한 운동
적당한 교제와 사귐
뭐든지 도를 지나치지 않는
적당한 것이 행복한 거야

바람이 적당히 불어올 때
돛단배는 잘 가는 거지
너무 안 불어도 안 가고
너무 세게 불면 뒤집어져

적당한 햇살과 바람이
오곡백과를 익어가게 하듯이
적당한 고난은
사람을 사람되게 만들어 주지

행복이란

나 혼자 애쓴다고 되는 게 아니야

서로 조화가 잘 이루어져야 해

행복은 상대성이거든

혼자만 행복하려고 하지마

남의 불행을 나의 불행으로

나의 행복을 남의 행복으로 생각해봐

서로 서로 행복해야 그것이

진짜 행복이라구.

허참…

정말이라니까!?

내 것이 소중한 거여

남들처럼 보란듯한
물건이나 재주는 없어도
내 가진 것
내 재주가 소중한 거여

내 것이 보잘 것 없다고
너무 상심하지마
그것 때문에
지금까지 살아올 수 있었던 거잖아?

남들이 우습게 보더라도
내 가진 것을
소중히 여길 줄 알아야 돼

자기 것을
소중히 여길 줄 알아야
남의 것도
소중하게 보는 거고
서로 소중하게 여기다 보면
서로 존중히 여기게 되는 거야

비록 남들이 업신여기고
하찮게 생각하는
일이 아닌가 생각될지라도
나의 것과
나의 일을 소중히 여기고
사랑하게 될 때
행복한 삶을 살 수 있다는 거지

눈에 보이는 것이
화려하고 대단해 보여도
권세가의 삶이 부러워 보여도
거기에도 아픔이 있고
그들도 때로는 너의 것을
부러워할 때도 있는 거야

화려한 것으로
권세와 능력으로도
안 되는 것이 삶이란 거잖아

행복한 사람은
자신의 것을 소중하게 여기는 거야

치료받아야 할 사람은
위로받아야 할 사람은
사랑받아야 할 사람은
설교를 들어야 할 사람은
그 누가 아니라 바로 나라는 것을 발견하네요

내가 먼저
사랑으로 가득 차고
행복으로 가득 차고
변화되어져야 할 것을
오늘 이 아침에도 기도해봅니다.

허참 …
정말이라니까요!?

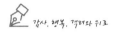

너무 힘들어 하지마

너무 힘들어 하지마
세상 짐 혼자 진 것처럼
괴로워 하지 말라구

그리 힘들었어도
지금까지 잘 견뎌왔잖아
쥐구멍에도 볕들 날 있어
하늘이 무너져도
솟아날 구멍 있다잖아

속담이나
옛 성현들의 말이
틀린 말이 아니더라니까…

힘들다고,
감당할 수 없다고,
왜 내게만 이런 일이 있느냐고 불평하지마
너만 그런 거 아니야
세상에 문제 없는 사람 하나도 없더라

수많은 사람이
살기 힘들다고 아우성치는데
그거 가만히 들여다보면
자기 욕심인 것이 많더라니까

마음 조금 비우고
욕심 조금 내려 놓으면
어려움도 능히 이겨낼 수 있어

어디든 길은 있어
조급함과 욕심으로 가득 찬 마음 때문에
길이 보이지 않을 뿐이야

앞길이 캄캄하다구?
하늘이 무너진 거 같다구?

캄캄해도 길은 있고
하늘 위에도 길은 있어

내일을 어떻게 맞이할까
조바심 내지 말고
오늘 하루 살아있음에 감사해 보라구.

허참…
정말이라니까!?

똑똑하다 자랑말고
못났다고 자책하지마

아는 게 없다고
너무 자책하지마

세상 살아가는데
지식이 많다고 해서
별다른 삶을 살아가는 게 아니야

많이 안다고 해서
밥을 더 먹는 것도 아니고
많이 안다고 해서
특별한 삶을 살아가는 것도 아니야

내가 알아야 할 것은
유치원에서 다 배웠다고 하잖아
7, 8년 키워놓으면
아는 거 많지 않아도
세상 살아갈 수 있다는 거지

많이 알면 그만큼 더 일해야 하고
많이 가지면 써야 할 일이
더 많아지는 거야
많이 알수록
자칫 질투와 시기만 많아지고
남들과 원수지는 일만 많아져

남보다 과하게 총명하면
근심이 많아지고
눈총을 받게 돼 있어
정말 똑똑한 자는
그 총명함을 드러내지를 않지

질투와 분노는
수명을 줄이고

근심 걱정이 많으면
빨리 늙는 거야

예로부터
잘 생긴 사람이나
똑똑한 사람들은
마음 평안해 하거나
오래 살지를 못해
가마니 위에서 뒹굴어도
하루 하루가 행복한 사람은
평범한 사람들이라구

7, 80년 살다가는 거
다 똑같은 건데
머리 싸매고 염려하며
살다가면 되겠어?

몸은 피곤하게 해주는 것보다
스트레스 안 받고
평안하게 살아가는 게
피부 색깔도 더 고운 거야.

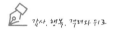
추억은 그리움으로 새겨두도록 해

올 한 해도 다 지나가고 있네
어떻게 무엇을 하며
이 한 해를 지나왔는지 모르겠어

해가 지나면서 가졌던
두려움
초조
불안 등도
살만큼 사니까 두렵지가 않아
나이가 사람을 담대하게 만드는 거 같아

올 한 해도 지나오면서
기억하고 싶은 추억을 그리움으로 만들어 봐

때로는 나쁜 추억도 있고
좋은 추억도 있지만
지나간 일을 기분 좋게 기억하면 좋잖아

때로 잊어버리고 싶은 일도 많지만
지나간 일을 기분 나쁘게
기억할 필요는 없잖아
기분 나쁜 기억은 마음의 병만 된다구

세월이 흐르며
몸은 늙어가더라도
마음은 더 젊어지면 좋겠어

나이가 들어가는 것에
너무 예민하지 말고
너무 두려워하지도 마
그러면 몸뿐 아니라
마음도 더 빨리 늙어

잘 잊어버리는 사람이
더 건강하고

잘 잊어버리는 사람이
더 많이 웃으며 사는 거야

지나온 삶을
마음의 액자에 잘 담아둬 봐
훗날 그것을 보며 그리워할 때가 있을 거야

한 해를 잘 마무리하면
새해를 산뜻하게 맞이할 수 있어
그리운 추억이 더 많아지는 거라구.

진리

아무리 추운 겨울도
지나가게 마련이지
겨울이 긴 것 같아도
봄은 오게 돼 있어

아무리 아름다운 꽃이라도
시간이 지나면 또 지는 거고⋯
뙤약볕 뜨거운 햇살도
소슬바람 앞에 물러가게 돼 있어

언제나처럼 변함 없이
일상의 삶을 엮어가는 거
때로는 지루하고 의미 없는 것 같아도

그게 바로 진리인 거야

사람이 거짓말을 하면

가슴이 두근거리고

얼굴이 벌개지고

누군가를 사랑하면

절로 웃음이 나오고

가슴 속에 꽃이 피어나는 거

그게 바로 진리인 거라구

진리를 거스리며 살다 보니

사람이 짜증이 나고

뭔가 불만족스럽고 퉁퉁대는 거잖아

예쁜 꽃이 피어나는

화사한 봄날이 와도

행복한 줄 모르고

여전히 불평이 노래가 된 사람들…

진리란 먼 데 있는 것도 아니고

뭐 거창한 것도 아니라는 거

자그마한 일상의 삶 속에
행복이 숨어있다는 거

겨울의 한파 속에도
봄은 솟아나오고 있듯이
지금의 고통이 아무리 크더라도
고통 속에서 희망이 싹트고 있다는 사실을
기억하면 좋겠어.

여유로운 마음을 가져봐

모든 생활이
좀 더 넉넉했으면 좋겠지?
그래서 삶의 질을 더 높이고
여유있는 삶을 살고 싶은 거
그거 누구나 다 갖고 있는 마음이잖아

모든 것이 풍족한 데에서야
무엇인들 못하겠어?
넉넉하지 않은 게 문제지

하지만 말야
60 넘어 살아보니까
여유있는 삶을 산다는 거

그거 뭐 있고 없고의 문제가 아니고
마음의 여유가 더 중요하더라니까

있어도 마음이 넉넉지 못하면
늘 쫓기는 거고
없어도 마음이 넉넉하면
늘 평안하더라니까

마음은 쓸수록 어지럽더라구
생각이 많아지면
문제도 복잡하게 보이는 거야

평안한 맘으로 살고자 해도
맘대로 안되는 거잖아
우리의 살아온 날들 중
평안한 날이 얼마나 되겠니

하늘이 우리에게
아름다운 날을 주었는데
길지도 않은 날을
아름답게 살아가야 하지 않겠어?

너도 아름답고

나도 아름답게 살기 위해

좀 더 여유를 가져봐

쫓기는 마음에서는

매사 불평이 나오는 거고

여유로운 마음에서는

늘 감사가 나오는 거라구

그래서 범사에 감사하라는 거야.

삶의 멀미가 나십니까?

저는 어려서부터
몸이 허약한 탓이었는지
멀미가 심했습니다
기차를 타고서도
멀미할 정도였으니까요

초등학교 때
경주로 수학여행을 갔습니다
어찌어찌 가서
겨우 석굴암을 보기는 했지만
토함산 올라가는 것은
포기하고 말았습니다

한번은 어르신들과 함께
제주도를 간 적이 있었는데
오는 길에 배를 탔지요
커다란 배임에도 불구하고
멀미하느라 혼났었지요

배낚시를 따라간 적이 있었어요
그날은 아주 죽는 줄 알았습니다
차타고 다니면서
차 안에서 아무 것도 못합니다

그 멀미란 것이
우리들 삶에도 있더라구요
사람들이 종종
진절머리난다고 하지요

해도 해도 끝이 없는 삶이
우리를 진절머리 나게 하고
멀미나게 합니다
해결방안이 없어
어지럽기만 합니다

지금 여러분들의 삶은

어떠하신가요?

즐거우신가요?

행복하신가요?

멀미가 나고 있는 것은 아닌가요?

멀미를 가라앉히려면

무언가 다른 것에

관심을 두어야 합니다

안되는 일을 부여잡고

멀미를 앓는 것보다

새로운 것에 도전하여

멀미를 깨뜨리는 것이

약이 될 수도 있습니다

긴 것 같아도

지나고 보면

어젯밤 같은 인생

즐겁게 가야 하지 않겠어요?

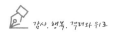

벌거벗고 목욕탕 들어가 봐

화려한 옷을 입고 있니?

화려한 치장을 하고 있니?

너의 그 멋짐을

너의 그 똑똑함을 자랑하고 있니?

벌거벗고 목욕탕 들어가 봐

니나 내나 다 똑같아

그 몸뚱어리나

이 몸뚱어리나

다 똑같은 거야

맛있는 것을 먹고 있니?

비싼 음식을 먹고 있니?

화장실 가서 앉아 봐
똥 돼서 나오는 건 다 똑같아
그 똥이라고 더 비싼 거 아니고
내 똥이라고 똥값이 아니야

제발 잘난 척 하지마
아는 척
배운 척
있는 척…

죽으면 다 똑같이
한줌 흙으로 돌아가는 거야
세상에서
잘 먹고 잘 살았다고
많이 배우고 알았다고
썩지 않는 게 아니야

너의 그 앎이
너의 그 가짐이
너의 그 멋스러움이
너를 만들어 주는 게 아니야

목욕탕에서
때밀어 주는 사람이
너에게 맛있는 음식을
제공해 주는 사람이
하나님에게 더
인정받을 수 있음을 알아야 해

네가 멸시하고
천대하는 사람이
하늘나라에서는
더 큰 사람으로 설 수도 있어

그분은 섬기러 오셨지
섬김을 받으러 오신 것이 아니야
그분은 사랑하러 오셨지
사랑받으러 오신 것이 아니라구.

마음의 집을 잘 지어야

마음의 집을 잘 지어야
행복한 거야

대궐같은 집을 지어도
언덕 위의 이쁜 집을 지어도
마음의 집이 부실하면
괜시리 불안하고
매사 불평이 일게 마련이지

집이란 말야
서로 사랑하는 사람이
늘 함께 지내는 거거든

행복도 함께 하고
기쁨도 슬픔도 늘 함께 하는 곳이지

때로 언사가 높아지고
다툼이 있어도
그런 소란마저도 따뜻한 거라구

성경에도
마른 떡 한 조각만 있고도
화목하는 것이
육선이 집에 가득하고
다투는 것보다 낫고
다투는 여인과 함께
큰 집에서 사는 것보다
움막에서 혼자 사는 것이 낫다고 했어

세상에서 가장 행복한 가정은
화목하게 사는 거야

가진 것의 크고 작음도
가진 것의 많고 적음도

가진 것의 화려함도 아니라

가족들과 웃으며

행복하게 사는 것이

진짜 멋진 집이란 거지

보이는 것에 마음 두지 말고

보이지 않는 내면의 삶에

더 신경을 써 봐

그러면

기쁨도 슬픔도

행복도 불행도

종이 한 장 차이라는 것을 알게 되고

그때야 비로소

웃으며 살아갈 수 있는 거야.

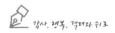
죽기밖에 더하겠어요?

어차피 한 번은 죽는 것인데
죽기밖에 더하겠어요?

죽는 것을 두려워하면
아무 것도 못해요
용기가 사라진다고요

세상에 제일 무서운 사람이
죽기살기로 덤비는 거잖아요
죽기살기로 일하고
죽기살기로 살고자 하면
무엇인들 못하겠어요
그래봐야 죽기밖에 더하겠어요

다시 한번 해보자구요
힘든 거 다 알아요
삶 자체가 힘든 거잖아요
생각처럼 만만한 게 아니라구요

자, 한번 일어나 보세요
무언가 하려면
일어서는 거 먼저 하는 거예요

성공이란
일어나 첫 발자국을 떼는 것이고
실패란
그냥 주저앉아 버리는 거라구요

많이 갖고
아니 갖고가
성공과 실패의 척도가 아니에요

가장 큰 실패는
할 수 없다고
주저앉아 버리는 거라구요.

자연과 건강
시사 · 사회

가끔은 거울을 보며 살자

거울은 날마다 보시겠지요?
하루에 몇 번씩 볼 때도 있고요

우리 내면의 거울은
하루 몇 번이나 들여다 보는지요?
아니, 한 달에 몇 번이라도 보는지요?

어느 분이 제게
골프를 가르쳐 주겠다 하여
연습장에 나간 적이 있었습니다

그분이 제 연습하는 모습을
동영상으로 찍어서 보여주는데

"와!"
정말 놀라지 않을 수 없었습니다

제 폼이 기가막히게 좋은 게 아니라,
70 이상 된 노인의 그런 폼이었기 때문입니다
그러고보니 제 걸음걸이, 말투와 행동들이
7, 80은 돼 보이는 그런 모습이었더라구요
저는 전혀 그렇게 생각하지 않았는데 말입니다

그러면서 생각을 해봅니다.
나의 겉모습은 그렇다 하더라도
나의 속모습은 어떨까 하고 말이지요

흔히 하는 말이
"몸은 늙어도 마음만은 젊다"라는 말을 하잖아요
그런데, 알고보니 몸이 늙어가는 만큼
알게 모르게 마음도 늙어가고 있더라니까요

거울을 보며
우리 겉모습에 필요한 것들을
수정도 하고 채워주기도 하는데

내면을 위해서는 어떤 투자를 하고 있는지
생각해 보게 되더라고요

이제부터라도
내면의 거울을 자주 들여다 봐야겠어요
어느 한쪽이 주름져 있지는 않은지
어디가 고장나 있지는 않은지
어디에 영양보충을 해 줘야 할지
살펴봐야겠더라고요

마음이 이쁘고
마음이 젊으면
보이는 몸에도 그것이 투영되어 나오더라니까요

"그 사람 참 인품이 있어"라는 말은
보이는 몸이 보기 좋을 때가 아니라
내면의 보이지 않는 마음이
건강하고 아름다울 때더라니까요.

허참…
정말이라구요!?

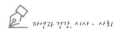

깨진 마음 먼저 고쳐야

사람 마음도 그릇과 같아서
조심스럽게 다뤄줘야 한다네
잘못해서 놓치거나
마구 다루다 깨어져 버릴 수 있거든

그릇에 상처가 나거나
깨어져 버린다면
어찌 사용할 수 있겠는가
고이고이 담아두고픈 추억도
간직하거나 담아놓을 수 없잖은가

자네는 지금 무엇을 지키고 있는가
아무데도 쓰잘데 없는

자존심 싸움이나 하고 있지는 않는가
명예에 손상이 좀 가면 어떤가
가진 것을 좀 잃으면 어떤가

마음이 바스러지지 않도록
네 마음을 먼저 지키게나
마음이 깨어져 버린다면
생명도 위험해진다네
마음은 생명을 담아놓는 그릇이거든

생명 되는 피를 흘리면
다른 피를 수혈하면 되지만
마음이 깨지면 다른 마음으로 이식할 수가 없어

세상에서 가장 강한 것 같으면서도
가장 약한 것이 마음이야
힘써 지키지 아니하면
쉽게 깨어져 버리는 거지

마음을 너무 가볍게도 말고
너무 무겁게도 하지 말게나

행여 지칠까 염려된다네

지쳐 병들지 아니하도록

깨어 부지런히 살피도록 하게나

마음이 건강해야

건강한 삶이 만들어지는 거라구.

감정을 잘 다스려야

벙어리가 왜 벙어리인줄 알아?
말을 할 수 있는 혀도 있고
느낌도 있고 감정도 있는데 말야

하지만
듣지를 못하기 때문에
듣는 것이 없어서
말을 못하는 거야

남의 말이
너무 잘 들린다고?
남의 티가
너무 잘 보인다고?

그러니 그리 말이 많고
남의 흉을 잘 보는 거지

보는 게 많을수록
듣는 게 많을수록
자기 감정을 주체하기가 어려운 거야

그러니 먼저
네 감정부터 다스리도록 해봐
네 마음부터 컨트롤하도록 해봐
그래야 어떤 것이 네 속에 들어와도
잘 숙성시킬 수 있는 거지

좋은 일은 떠들수록 좋으나
나쁜 일은 덮을수록 좋은 거야
남의 상처를 자꾸 파헤치지마
꿰매주어야 빨리 아무는 거라구

알아도 모르는 척 해줘 봐
입은 다물수록
점잖은 사람이 되는 거라구.

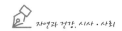

심는 대로 거두는 거야

콩 심은 데 콩 나고
팥 심은 데 팥 난다고 하잖아
세상에는 세상의 이치에 따른
법이 있다는 말이잖아

그것이 사람이 만든 법에도 적용되지만
그렇지 않더라도
인과응보에 따라
그에 상응하는 상과 벌을 받는다는 거지
선을 심으면
선한 결과를 거두고
악을 심으면
악한 결과를 거두게 되어 있어

우리 양심이 그것을 잘 말해 주고 있지
잘못된 일을 하다가도 스스로 그러잖아
"이러다 내가 벌 받는거 아냐?" 라고 말이지

내가 감당할만큼
심고 거두었으면 좋겠어
지나친 욕심으로 인해
조금 심고 많이 거두려 하는 사람들
아예 심지도 않고
남이 심은 것을 거두려고 하는 사람들

욕심이 잉태한즉 죄를 낳고
죄가 장성한즉 사망을 낳는다고 하잖아
그거 거짓말이 아니야
지금 당장 내가 조금 더 먹고
배부른 것 같아도
그거 절대 배부른 거 아니야

지금 우리 주변에
욕심으로 심고 죄를 낳는 것을 많이 보고 있잖아
참으로 슬픈 일이야

그렇게 해서 많이 거둔들 무슨 소용 있겠어
그거 모래 위에 집을 짓고 있는 거라구

욕심을 버리면 좋겠어
지나치게 먹어서 체하는 사람들이 많잖아
과유불급
공수래 공수거
어차피 빈손으로 와서
빈손으로 가는 인생인 것을…

욕심 없이 살아가는 사람들이
더 잘사는 그런 세상이 되었으면 좋겠어.

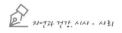

변덕 좀 그만 부려

요즘처럼 아침 저녁으로
온도차가 심하게 나는 계절은 없더라구
아주 변덕이 심해
변덕이 죽 끓는 것 같다 하잖아

사람에게도 심지라는 게 있어
심지가 얕은 사람은
작은 일에도 쉬이 흔들리고
심지가 깊은 사람은
누가 보아도 믿음직스러워서
태산처럼 든든해 보인다고 하잖아

요즘처럼 믿음이 없고
무엇인가를 신뢰할 수 없는 세대일수록

더욱 더 네 마음을 지키도록 해줘
변함없는 그 마음이
바로 크레딧이 된다는 거 잊지마

그런 변함없는 신용이
인정받는 세상이었으면 해
거짓에 혹하지 아니하고
달콤한 말에 넘어가지 아니하고
분장으로 덧칠한 얼굴에 현혹되지 되지 아니하고
투명한 마음이 인정받는
그런 세상이었으면 해

작심삼일이 아니라
천년만년이 지나도
변하지 않는 소나무처럼
늘 푸른 마음이었으면 해

제발 좀 그만 촐싹거려
오늘은 여기
내일은 저기 좇아다니지 말고
옳다는 것에 목숨을 걸 수 있도록 해봐

사람들은 다 알아
네가 변덕쟁이인지
진실한 사람인지를…

가끔 속아 넘어가는 사람도 있지만
알면서도 속아 주는 거야
아직도 늦지 않았어
사람은 늦었다고 하는 그 때가
바로 시작할 수 있는 때라는 걸…

변덕 좀 그만 부려
옷좀 그만 갈아입어
진실함으로 옷을 입고
정직으로 양식을 삼으며 살아가봐

변덕부리면
얻는 것이 많을 것 같지만 그렇지 않아
신실함으로 살면
떠나간 모든 것들이 다시 돌아오는 거야.

철 따라 사는 지혜

우리가 사는 지구는
기본적으로 사계절이 있습니다
지역에 따라 온도 차이가 다르고
여름만 있는 곳이 있고
겨울만 있는 곳도 있지만 말입니다

자연은
사계절이 있는 곳이
훨씬 보기도 좋고 아름답고
사람으로 하여금 긴장하도록 하는
매력이 있지요
지역마다 나름대로 특성과
매력을 가지고 있지만 말입니다

아무리 더운 여름날이어도
기나긴 겨울인 것 같아도
철이 되면 어김없이 바뀌는 것을 보며
인생을 배운답니다

자연을 통해 배우는 것이 무엇입니까?
모든 자연은 하나님께서
사람의 행복을 위해 지으신 것이기 때문에
사람은 자연으로부터
행복을 얻을 수 있어야 합니다

영롱한 아침이슬
생명이 움트는 파아란 새싹
싱그런 하늘과 뭉게구름
알록달록 단풍잎
탐스러이 내려오는 하얀 눈…

우리 주변엔 얼마나 많은 감탄사가 있는지
이루 헤아릴 수 없이 많지만
고마운 마음, 감사하는 마음보다
불평하는 마음이 더 많았던 것 같습니다

한낱 미물들도

철 따라 사는 지혜가 있고

종족을 보존하며

오손도손

재잘재잘

잘도 모여 사는데

어찌, 만물의 영장인 사람 사는 세상에는

다툼이 사라지지 않는지

가슴 아프기만 합니다

서로 서로 조화를 이루며 사는

결코 서로가 해함이 없는

자연은 인생들이 배워야 할 영원한 스승입니다.

자연과 건강, 시사 · 사회

누구나 가는 길인데…

누구나 가는 길인데

같이 즐겁게 가면 안 되겠니?

홀로 보다는 둘이 낫고

둘보다 셋이 좋은 거잖아

많을수록 힘을 모을 수 있으니 더 좋은 거라구

하늘 나는 기러기를 봐

두울 셋보다

여럿이 줄지어 가는 모습이 보기 좋잖아

재잘재잘 소곤소곤

알콩달콩 사랑하며

같이 가면 안 되느냐구

안그래도 버거운 삶
노력해도 쉽지 않은 삶
주저앉아 포기하고 싶을 때가
더 많은 삶
우리 모두 힘든 삶이잖아

가고싶지 않아도
머무르고 싶어도
가야만 하는 길
수많은 사람 중에
어렵게 만나 가는 길인데
정다웁게 두 손잡고
어깨동무하고 가면 안되냐구

어려서 살던
시골 생각이 나는군
마을 사람들 함께 모여
농사일 할 때
여기서 어영차하면
저기서도 어영차하며
함께 힘을 북돋워주던…

어려운 세대였지만

슬기롭게 지혜를 모으고

힘을 모으며 모진 풍파 견뎌왔지

지금 우리는

힘과 지혜를 모아야 할 때라구

마음을 하나로 모아야 할 때야

우리는 한 민족 형제자매잖아

서로 나뉘어서 물고 뜯으면

같이 망하는 거 다 알잖아

아니 그래도

여기서 펑

저기서 펑

생각지도 않게 새어나가고

무너져 내리는 삶인데

같이 가자구

길은 사이좋게 가라고

닦아놓은 거야.

응어리

사람이라면 누구에게나
응어리 하나 정도는 있게 마련이야
크고 작은 차이는 있겠지만
본인에게 있어서는 아주 큰 거지

떡은 남의 것이
더 커 보이는데
희한하게 고난은
내가 받는 고난이 더 커 보이거든?

응어리는
살살 달래며
잘 풀어주어야 해

잘 풀지 못하는 사람은
스스로 생을 마감하기도 하고
엉뚱한 일을 저질러서
주변 사람들을 당혹하게 만들거든

응어리라 해서
그거 다 나쁜 것만은 아니야
스트레스가 없을 수 없으나
그러한 것을 잘 풀어갈 때
건강하고 새로운 삶이 만들어지는 거야

응어리가 생기지 않으면 좋지만
생기면 바로 풀어주어야 해
딱딱하게 굳어버리면
천하장사라 하더라도
쉽게 부수어 낼 수가 없어

너무 욕심부리지 말고
너무 자랑도 하려 하지마
겸손하면 쉬 부러지지 않지만
교만하면 쉽게 부러질 수 있거든

욕심없는 겸손한 마음에
응어리는 쉽게 만들어지지 않지만
탐심 가득하고 교만한 마음에
응어리는 쉬이 만들어지는 거야.

허참…
정말이라니까!?

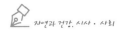

이름값도 못하면서…

이름 자주 바꾼다고
사람이 바뀌는 게 아니야

좋은 이름 쓴다고
좋은 사람 되는 것도 아니잖아

좋은 환경에 산다고
좋은 사람 되는 것도 아니거든?

좋은 환경 사는 것보다
좋은 이름 갖는 것보다
먼저 너 자신을 바꾸도록 해봐

너 자신이 바뀌지 않으면
좋은 환경이
네 좋은 이름이 더 욕을 먹는 거야
"이름값도 못하냐?"라고 하잖아

한국 국회의 당(黨)은
웬 이름을 그리 잘도 바꾸는지
의원 중에 작명가가 있나봐
그래봐야 하는 일은 만날
그 모양 그 꼴이더구만

이름은 바로 너 자신이고
네 자부심이 되어야 해
이름에 명예를 걸 수 있어야 해

명예가 더럽혀지면 회복할 생각을 해야지
이름 바꾼다고 회복되는 거 아니야

그 당에 들어오거나
그 이름을 사용할 때면
그만한 자부심이 있도록 해주어야 해

나 어느 학교 나왔어
나 어떤 집안이야 하는 것은
명예를 말하는 거잖아

아무리 당 이름이 좋아도
당원이 바뀌지 않으면
그 밥에 그 나물이라구.

허참…
정말이라니까!?

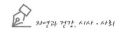

정말이라니까!

대화 끝에 자주 덧붙이는 말이
"정말이라니까!"
"왜 그렇게 믿지 못하니?" 등등이다

진심으로 대해도
거짓없는 마음도
한번은 의심가는 눈초리로 바라본다

판문점에서의 김정은
그는 과연 진심일까?
한번은 의심 안 할 수가 없다
뚜껑을 열어보지 않고
정말이라고 하는 것은 희망사항일 뿐이다

거짓된 사람이
일순간에 바뀌리라고 믿는 사람은 없다
그것을 믿어준다는 것은
같이 거짓말을 한다는 것이다

누가 누구를 정죄할 수는 없다
이 세상 자체가
거짓이 아니면 제대로
살아갈 수가 없기 때문이다

성실 하나만으로
자신이 원하는 온전한 삶을
살기는 매우 어려운 일이다

그럼에도 불구하고
우리의 삶은 정말이어야 한다

정말이라고 보아줄 수 있는
자세도 있어야 한다
누군가를 믿지 못한다는 것은
서로가 불행한 일이기 때문이다

병적인 상태라면
나름 이해할 수 있지만
그것이 사회적인 병이라면
정말 심각한 일이다

하는 말
보여지는 태도가
거짓된 것이 아닌
진실된 정말이어야 한다

거짓이 통하는 세상이 아니라
정말이 통하는 세상이어야 한다.

제자리에 있기만 해도 아름다운 것을…

내가 살고 있는 미 동부지역은

나무와 숲이 좋아서

공기도 상쾌하고 아주 좋습니다

봄이면 푸른 가지들이 쭉쭉 잎새와 꽃잎들을 내고

여름이면 우거진 녹음이

가을이면 알록달록 단풍들이

겨울이면 흰 눈 쌓인 가지들이 햇빛에 반짝이면

얼마나 아름다운지 모릅니다

가을철이라 하여

힘들여 산으로 올라가지 않아도

온 동네 골목길이 단풍길로 바뀝니다
철 따라 옷을 갈아입혀 주는 것이 아닌데도
나무들은 철 따라 아름다운 옷으로 바꿔 입습니다

가만히 있기만 하면 됩니다
가만히 제자리에 있기만 하면
저절로 이쁜 옷으로 변합니다

우리네 삶도 마찬가지입니다
자기에게 맡겨진 일을
자기가 있어야 할 곳에서
잘 감당해 주면 모든 일은 다 잘되고
공동체는 잘 굴러가게 됩니다

어떤 사람은 너무 오지랖이 넓어서
온갖 일에 참견하여 눈총을 받기도 합니다
때때로 동네 반장처럼
궂은 일이나 기쁜 일에
손발 벗고 나서서 처리해 주는 이도 있지만
자기가 아니면 안되는 것처럼
설쳐대는 사람도 있습니다

그런 사람은 수고는 수고대로 하면서도
실속없이 욕을 먹곤 합니다

자기 맡은 자리에서
자신에게 주어진 일만 충실하게 해주어도
일은 훨씬 좋아질 것입니다
모든 것이 제 자리에만 있어도
그것은 이미 아름다운 것입니다

조금 구름이 끼는 날이거나
춥거나 바람부는 날이라도
너무 더워 감당할 수 없는 날이어도
제자리에서 묵묵히 자신을 지켜내는 나무들처럼
어떤 환경속에서도 요동하지 아니하고
자기의 자리를 지켜내 주는
그런 사람이 되어 주십시오

때가 되면
아름다운 옷을 입고
아름다운 결실이 맺어질 테니까요.

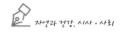

웃는 연습

내가 싫어하는 것 중 하나가 사진찍는 거야
카메라 앞에만 서면
수줍은 총각
여인네 앞에 선 것처럼 온몸이 굳어지니 말이지

웃어보라고 해서
'김치' '치즈' 다 해봐도
사진 나온 거 보면 언제나 굳은 표정이요
억지로 웃은 근심 덩어리 얼굴이야

어저께도 방금 전 돌아가신
어느 한 분의 얼굴을 보았어
참 평화롭더라

웃어보라고 하지 않았는데도
정말 평화로운 얼굴이었어

다시 또 하나 배웠지
죽은 사람에게는 근심도 없다는 것을…
그래서 번뇌를 가진 수많은 사람들이
근심 덩어리를 없애겠다며 목숨을 끊는가 봐

어느 한 무리가 있지
웃는 사람들
많이 웃어주면 질병이 치료된다며
시도때도 없이
미친 사람들처럼 웃어주는 사람들
한때 그 이야기를 듣고
몇 번 시도해 보았지만
실없는 사람같아 보이고
머쓱하니 잘 되지 않아 때려치웠어

"웃는 얼굴에 침 뱉으랴"라는 말이 있지
성을 내고 싸울 때 침을 뱉잖아
더럽다고 생각할 때

구역질이 날 때 침을 뱉기도 하고
일부러 창자 속 가래까지 끌어올려
온 힘을 다해 침을 뱉어주잖아

웃는 얼굴의 의미는 친절이요 상냥함이야
삭삭거리며 사는 게
상대에게 꿀리고 들어가는 거라며
어떤 사람들은 목을 꼿꼿이 세우고 살지만
목에 힘이 들어가면 얼굴이 굳어져
얼굴뿐 아니라 목소리도 굳어져서 부드럽지를 못해

코미디언 김미화씨가 웃긴 말이 있지
자기가 죽으면 묘비에 이렇게 써 달라나?
"웃기고 자빠졌네!"

웃음도 전염성이 있어
자빠져도 웃고
안 돼도 웃고
잘되면 더 웃는
웃음 전염이 암울한 우리 사회를
많이 많이 웃게 만들었으면 좋겠어.

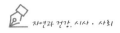

가재는 게편?

어려운 사람끼리
서로 동정하거나
마음을 같이 하는 뜻으로
사용되어지면 좋으련만…

가재는 게편이란 말은
그런 게 아니라서
마음이 좀 서글퍼

분명 그것이 아닌데
자신이 같은 위치에 있다 보니
본의 아니게 자신마저
욕을 당할 것 같아 동조하는 거잖아

사장은 사장을
직원은 직원들끼리
정치인이 정치인을…
더 가슴 아픈 것은
목사들도
종교인들도
다 그러하다는 거야

비판하고 정죄하는,
예수님은 하지 말라 하셨는데
누가 누구를 정죄하는 것인지
세상이 온통 비판과 정죄로 도배되어 있어

많은 목사들도 그러더라구
목자는 목자고
양은 양이기에
본질이 다르다나?

정말 그런 거야?
본질이 다른 부류인 거야?
아니지, 결코 아니지

똑같이 예수님이 필요하고
그분의 은혜로 살아가는 거잖아

물론 때에 따라서
동조할 것 동조하고
덮어줄 것 덮어줄 때가 있어

목회자들이라 해서
대언자로 서지 말고 예배자로 서야 해
자신의 설교에 자신이 먼저 은혜받고
자신이 먼저 변화되어야
성도들도 은혜받고 변화되는 거야
성도를 향한 목회자들의 헤아림으로
목회자들도 헤아림 당하는 거라구

먼저 불쌍히 여기고
먼저 존중해줘봐
그러면 불쌍히 여김받고
존중함을 받을 수 있는 거야.

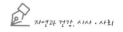

"조심하세요"

"밤새 안녕하셨어요?"
유독 전쟁을 많이 치렀던
우리나라의 인사말이다

역사적으로
5년에 한 번 전쟁을 겪었다니
허구헌 날 장례를 치렀을 거다
그러니 밤새 자고 나면
안 보이는 사람이 더 많았을 거고

"진지 드셨어요?"
전쟁도 많이 치르고
번번이 먹을 것도 없이

그 유명한 보릿고개를 지나오며
얼마나 많은 사람들이 쓰러졌으면
인사말이
"진지 드셨어요?"이다

이제는 이 말이 변하여
"배불러 죽겠네"이다
너무 많이 먹어
배불러서도 죽지만
그로 인해 얻어지는
각종 성인병이 사람을 죽인다

"조심하세요"
요즘의 인사말이다
바이러스가 전 세계를 강타하여
질병으로 허덕이며 사람들이 죽어나가자
하는 말들이
"조심하세요"이다

그렇다
조심할 때이다

길거리 다니며

차도 조심해야 하고

강도도 조심해야 한다

아니, 모든 사람들을 조심해야 한다.

허참⋯

정말이라니까!?

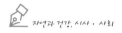

사람 만남이 반가워야 하는데…

예전이나 지금이나
밤길에 사람 만나는 게 무섭다
해코지를 당할까 해서이다

나는 아무런 해코지할 생각이 없더라도
상대방도 괜시리 무서움을 느끼곤 했다

때론 상황에 따라
밤길이라도 동행을 만나면
참 반가울 때도 있었다
하지만 지금은
대낮이던 밤이던
사람 만나는 게 무섭다

서로 해코지하지 않더라도
그저 서로 피하기 바쁘다
생판 모르는 사람도 아니고
가족 간에도 피해야 되니
참으로 웃지 못할 해프닝이다

최근에 대구에서 온 가족을
집에 들어오지 말라고
호텔을 잡아주었단다
그 사람은 그래도
집으로 들어가겠다고 안달을 하니까
가족들 죽일 이유있냐며 극구 반대했단다

가족 간에
정이 없어서도 아니고
원수를 져서도 아니고
미워서도 아니다

코로나 때문이다
코로나 때문에
가족도 멀어지고

친구도 멀어지고
서로서로 거리 재는데 눈치만 본다

그뿐 아니다
길거리 다니며
재채기나 기침 한번 하는 게
얼마나 힘든지 모른다

철이 철인만큼
감기와 알러지로
기침이나 재채기하기 바쁜데
정말 눈치 보인다

재채기는 큼지막하게
소리내어 해야 시원한데
속으로 삼켜야 하니 그것도 곤욕이다

살면서
이런 고통당하는 것도 처음이다.

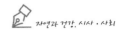
자연과 건강, 시사 · 사회

너무 나무라지 말아다오

자꾸 잊어버린다고
뭐라 하지 말아라
기억을 못한다고
너무 나무라지 말아다오

그러고 싶어
그러는 거 아니잖니
나도 아름다웠던 나의 삶
기억하고 싶고
계속 잘하고 싶단다

방금 한 말 또 하고
가끔은 똑같은 말 자주 하더라도

잔소리라 생각 말고
흉보지 말거라

가끔 집안을 어질러놓고
그릇을 놓쳐 깨뜨리더라도
뭐라 하지 말거라

뭐라 하면
주눅들고 눈치보게 되어
잘할 것도 더 못한단다

가끔 네가 부탁한 거 잊어버리고
손주녀석들 잘 못본다고
뭐라 하지 말아다오

나이가 들어가니
점점 기억력이 쇠하고
손발이 떨리고 힘도 빠지더구나
갈수록 주책 없어지고
깔끔하지 못하더라도
뭐라 하지 말아다오

몸에서 냄새나고
옷 매무새가 단정치 않아도
아름답다고 말해다오

이제 점점 더
사랑하는 가족을 잃어버리고
나도 잃어버리며 살 날이 다가오는데
슬프고 두렵기만 하단다

얘야~
행여 내가 너를 잊어버려도
나무라지 말고
네 따뜻한 마음으로
꼬옥 안아주기 바란다

어쩌면 사랑스런 네 품은
기억이 날지 모르겠구나…